脳科学捜査官　真田夏希

インテンス・ウルトラマリン

鳴神響一

角川文庫
23991

目次

第一章　出航《ボン・ヴォヤージュ》

【1】

透き通る秋空がひろがっている。

紫がわずかに入った真空《まそら》色が目に痛いほどだった。

真田夏希《さなだなつき》は、客船《ラ・プランセス》の後部展望デッキに立って、白く輝くみなとみらいの建物を眺めていた。

お姫さまを意味するこの船に似つかわしい、瀟洒《しょうしゃ》な雰囲気の展望デッキだった。

遠くからカモメの鳴き声が聞こえてくる。

「はい、笑顔くださいねー」

すぐそばで一眼レフカメラを手にした若い男が声を掛けている。

カメラが向けられているのは、夏希ではなかった。

レンズの先で、小堀沙羅《こぼりさら》がぎこちない笑顔を作っていた。

白い八分袖《そで》のコクーンブラウスと淡くウォッシュの掛かったスキニーデニムは、脚の長い沙羅にとてもよく似合っていた。

ピンタックの入った淡いブルーのブラウスに、ややワイドなホワイトパンツ姿のコーデは夏希としては気に入っていた。だが、スタイルでは沙羅に比ぶべくもない。

「いいです、いいです、いい表情」

カメラマンの言葉と同時に、シャッターが立て続けに切られる音が響いた。

「目線、こっちにください」

ほかのカメラマンが沙羅に声を掛けた。こちらは若い女性だ。

沙羅はさっと顔をカメラマンに向けた。

女性相手でも、沙羅がやわらかい表情を作ることは難しそうだ。

あたりまえだ。どんなに美しい顔立ちであっても彼女はモデルではない。

夏希だったら、絶対に受けたくない仕事だった。

まわりでは一〇人ばかりの見物人というか野次馬が、撮影風景を興味深げに眺めている。

午前一〇時三〇分の出航が近づいた。

「本船はあと一〇分ほどで出航します。お見送りのお客さまは下船なさってくださ い」

どこかに設置されたスピーカーから女性の声でアナウンスが響いた。

ほっとしたように沙羅は肩から力を抜いた。

「いい写真が撮れましたよ」

「とってもきれいに写っています」

機材をしまいつつ、カメラマンは口々に明るい声を出した。

「ありがとうございました」

少しだけ表情をゆるめて沙羅は頭を下げた。

カメラマンたちが姿を消すと、野次馬たちもその場から離れていった。

沙羅は夏希に歩み寄って肩をすぼめた。

「もう本当に苦手。こういうの」

沙羅の情けなさそうな顔を見て、夏希は噴き出しそうになった。

「お疲れさま」

肩をそっと撫《な》でて夏希は沙羅をねぎらった。

「広報県民課と刑事総務課を恨みます」

美しい眉《まゆ》を八の字にして沙羅は嘆き声を上げた。

「でも、そのおかげで、この船に乗れたんだよね」

なだめるように夏希は言った。

「そうですね……真田さんはともかく、わたしは船に乗るなんて無理でしたから」

沙羅はようやくナチュラルな笑顔を見せた。

夏希と沙羅は《ラ・プランセス》でショートクルーズに出発するところだった。

この船は最大乗客数一六〇人の小型クルーズ船で、かつてはフランスの大富豪が所有していたモーターヨットを日本の商船会社が購入して運用している。

船内はクラシカルで豪華な設備を誇り、船室もすべてバス・トイレ付のゆったりとした部屋となっていた。

今回は横浜《よこはま》港から土曜の午前一〇時三〇分に出港して、明日《あした》日曜の夕刻五時三〇分には神戸《こうべ》港に寄港する。その後、那覇《なは》港を経て宮古《みやこ》島平良《じまひらら》港を目指す。宮古島で三日ほど滞在し、ふたたび横浜に戻ってくるクルーズとなっていた。

夏希と沙羅は神戸までの一泊の船旅を楽しむことにしていた。神戸ハーバーランドあたりで夜景を眺めながら乾杯して、そのあと列車を乗り継いで神奈川県に戻る予定だった。

月曜日からは通常の勤務に戻るので、警察庁サイバー特捜隊員の夏希にとってはまったく問題のない休みの日の旅行だった。

夏希の部署は日勤制だ。本来の勤務時間は午前八時半から午後五時一五分だし、週休日と呼ばれる土曜・日曜や、休日と呼ばれる国民の祝日や年末年始は休みとなる。特捜隊内には当直勤務に当たる者もいるが、夏希には当直もないし土日の旅行は問題がない。

今回の旅行が決まって私事旅行届を副隊長の横井《よこい》警視に提出したときも、『たまには仕事を忘れてのんびりしてきなさい』と笑顔で言われた。

だが、沙羅の場合はそう簡単にはいかない。

沙羅は神奈川県警本部捜査一課強行七係の巡査長だ。

刑事も日勤制で規則上の勤務時間は夏希と変わらない。しかし、刑事は事件発生の際には深夜でも現場に駆けつけたり、公休日であっても捜査本部に参加したりしなければならない場合が少なくない。

従って少なくとも明日の神戸港入港までは連絡が取りにくく、現場にも駆けつけられないクルーズ旅行に出かけることは、ふだんであれば原則として認められないおそれが強かった。

しかし、今回は特殊な例外であった。

沙羅の旅行は県警総務部広報県民課からの依頼に基づくものだった。

簡単に言うと神奈川県警の「警察官であっても休暇はちゃんと取れて楽しめますよ」というアピールの広報活動の一環なのである。

二〇一八年に「働き方改革を推進するための関係法律の整備に関する法律」……いわゆる「働き方改革関連法」が公布された。二〇一九年四月には一部が施行され、働き方改革の推進が社会的に重要な課題となってきている。

警察庁は働き方改革の一環として「警察庁におけるワークライフバランス等の推進のための取組計画」を二〇一九年四月四日付で長官決定した。この計画内で「休暇の取得促進」は重要な課題のひとつであって、週休日や休日と連続した休暇の取得を奨励するとさえ定めている。

さらに警察庁は各都道府県警に対して、働き方改革を推進するようにとの指導を続けている。

すごく雑に言うと「警察官も必要以上の残業はしないで休暇はきちんと取りなさ

い」という話だ。各都道府県警のなかには捜査本部への泊まり込みを廃止した例さえあるようだ。

ご多分に漏れず神奈川県警でも働き方改革を推進している。

今年の年頭の仕事始め式には、松平《まつだいら》本部長から幹部に対して「時代に合わない働き方を良しとする『昭和の警察官』を本年で一掃していただくようお願いします」との呼びかけさえなされた。

しかし、交替制をとっている地域課などはともあれ、とくに刑事警察を中心とした現場では、現実的でない話を強いられて反発する声も多く聞かれるという。

県警上層部では、社会の目を気にした広報活動で「休暇をしっかり取る警察官」を世間に対して提示し、神奈川県警が働き方改革に積極的に取り組んでいるアピールをすることを考えた。

主管課の総務部広報県民課では、地方紙一紙と警察共済組合の広報誌の取材を通して上層部の期待に応《こた》えることになった。同課は県警各部に対して、取材対象となる警察官を推挙するようにとの要請を行った。

刑事部刑事総務課では、捜査一課の沙羅に白羽の矢を立てた。

上司から、休暇でヴァカンスを楽しむ姿を取材させてほしいという打診があった。

沙羅が選ばれた理由ははっきりはしない。働き方改革が遅れている捜査一課ということと、フランス人を母に持つ沙羅の美貌《びぼう》が広報向きだと考えたからかもしれない。

打診とは言っても半分は命令に近い。

沙羅は困って石田《いしだ》三夫《みつお》巡査長に相談した。石田は夏希が県警に入ったときからの知り合いだが、現在は沙羅と同じ捜査一課で彼女の指導役のようなポジションをつとめている。

石田は諸手《もろて》を挙げて賛成したが、どんな休暇を取るかまでは思いつかなかった。沙羅には夏希に声を掛けるようにアドバイスした。

沙羅から相談を受けた夏希は、ちょっと調べて今回のショートクルーズを提案した。

もともと、夏希はショートクルーズに興味を持っていた。

辻堂《つじどう》育ちの沙羅は、少女時代から船が好きだったと言って喜んだ。

ついでに夏希も一緒に行こうかと言うと、沙羅ははしゃぎ始めた。

沙羅が上司を通じて広報県民課に確認して旅行と取材の日程が決まった。

結果として、この《ラ・プランセス》が大《おお》さん橋《ばし》を離れる前に取材を受けることとなったのである。

考えてみれば、自由な休暇をとるどころか、沙羅は広報活動に協力するという公務を担うことになったわけだ。

とは言え、船が横浜を離れてしまえばこっちのものだ。

二人で豪華客船の旅を味わえる。まぁ、一泊二日に過ぎないが、滅多に体験できることではない。

「もう取材は終わったんだから、めいっぱい楽しもうよ」

夏希は明るい声で沙羅に言った。

「ええ、楽しみましょうね」

沙羅は満面に笑みをたたえて答えた。

「なにか飲まない？」

夏希は後部展望デッキの後ろのほうに設けられたバーを指さした。

この船では、各所に設けられているバーカウンターのドリンク類もすべてフリーとなっている。

「あ、わたし取ってきます。なにがいいですか」

沙羅は身を翻しながら訊《き》いた。

「ビールでいいよ。スパークリングワインならもっといいかな」

夏希はウキウキとした声で答えた。

戻ってきた沙羅は笑顔でフルートグラスを差し出した。

「すごいです、あのカウンター、モエ・エ・シャンドン置いてありましたよ」

「おっ、さすがに豪華だねー」

グラスにはじける黄金色《こがね》の泡を眺めながら夏希は喜びの声を上げた。

ふたたび下船を促す船内放送が流れてしばらくすると、下のデッキから銅鑼《どら》が響いてきた。

「ね、ね、船が桟橋を離れるよ」

夏希は、いちばん後部の手すりあたりを指さした。

何人かの乗船客が、後部展望デッキの手すりにもたれて港の景色を眺めている。

「行きましょう」

沙羅は嬉《うれ》しそうにうなずいた。

夏希たちは手すりの前でグラスを掲げた。

海を隔てて赤レンガ倉庫が並び、背後にはランドマークタワーからクイーンズスクエアを経てインターコンチネンタルへと続くみなとみらいのビル群が陽光に光っている。

船体の奥底で機関が力強くうなり始めた。

視界が左方向に動いた。夏希の足もとは不安定になった。

全身にふわっという揺らぎを覚えて、船は桟橋を離れた。

「離れたね」

「出航ですね」

機関のうなりがいっそう激しくなり、急に静かになった。

《ラ・プランセス》は、ゆっくりと港外へと進んでゆく。

目の前にひろがる風景が少しずつ遠ざかる。

「ではでは、希望の船出に！」

「自由な時間に！」

夏希たちはグラスを掲げて乾杯した。

口のなかで細かい泡がはじけて、まろやかな甘みとすっきりとした酸味がひろがる。

「美味《おい》しい」

のどを潤すよく冷えたシャンパーニュに、夏希は上機嫌な声を出した。

頬をさわやかな潮風が撫《な》でていく。

「わたし、取材、ガマンしてよかったです」

沙羅の声は解放された時間への喜びにあふれていた。

「けっこう高いけど誘っちゃってよかったかな？」

最高級のクルージングだけあって、たとえ神戸までの一泊でもかなりの金額になる。

「大丈夫、どうせ冬の期末勤勉手当だって使い道ないですし、忙しすぎますから」

笑みを浮かべて沙羅は答えた。

たしかに捜査一課勤務では、遊びに出かけることもできないだろう。

捜査は深夜に及ぶ人も少なくない。夏希よりはるかに忙しいはずだ。

「グラス返してきちゃいますね」

沙羅は夏希の空きグラスを受けとると、踊るような足取りでバーカウンターに返してきた。

そのとき、背の高い四〇歳前後の男が夏希たちに近づいてきた。

「甲板から街が遠ざかるのを見てるのはいいもんですね」

耳触りのよい声で男は言った。

夏希と沙羅は一瞬顔を見合わせた。

「たしかにおっしゃる通りですね……」

夏希は男の顔をまじまじと見た。

やや面長の輪郭にはっきりとした目鼻立ち。薄めの唇はにこやかな笑みを浮かべている。

リネンのサマージャケットをデニムの上に羽織っている。ライトブルーのボタンダウンシャツというオーソドックスなコーデだが、淡いピンクのポケットチーフをパフ型にしているところがオシャレだ。

「失礼しました。大沢基隆《おおさわもとたか》といいます。僕もクルーズを楽しみに来たひとりです」

大沢は快活な声で名乗った。

「真田です。神戸までなのですが、よろしく」

「小堀と言います。真田さんと一緒にクルーズを楽しんでます」

夏希たちは次々に名乗った。

「あの、小堀さんはモデルさんですか？」

大沢は興味深げに沙羅の顔を見て訊いた。

さっきの撮影風景を見ていたのだろう。

「いえ、ちょっと取材を受けていました」

沙羅はうつむき加減に答えた。

「取材ですか。どんな関係の？」

大沢は遠慮会釈もなく訊いてくる。

沙羅は救いを求めるように夏希を見た。

職業柄、ここで嘘を言うわけにはいかない。メディアに掲載されたら警察官として取材を受けていたことがわかってしまう。

「実はわたしたち警察の者です。警察官の休暇についての広報活動の一環なんです」

夏希は大沢の目を見てはっきりと言った。

「なるほどねぇ。お二人は刑事さんなんですか」

大沢は夏希たちを交互に見て尋ねた。

「小堀はそうです。わたしは警察官ですが、刑事ではありません」

この程度の答えでいいだろうと夏希は考えていた。

「真田さんはヘアメイクさんって雰囲気じゃないし、どんなお立場なんだろうなと思ってたんですよ。僕は都内で経営コンサルタントをやっています」

納得したようにうなずいて、大沢は自分の職業を告げた。

経営コンサルタントという仕事について、夏希はあまり詳しいことを知らなかった。

企業が抱える問題点を共有して、解決策をアドバイスするような仕事というくらいの認識しかなかった。

「大沢さんはどちらまで乗船なさるんですか」

沙羅はなにげない調子で訊いた。

「那覇まで行きます。さすがに宮古島は遠くてね。帰りは飛行機を取ってあるんです」

笑顔を絶やさずに大沢は言った。

「優雅なホリデークルーズですね」

にっこり笑って沙羅は言った。那覇まで行くとなると、下船は四日後となる。

「いや、今回は下見なんです」

微妙な顔つきで大沢は言った。

「下見ですか」

沙羅は面食らったような顔で訊《き》いた。

「ええ、この船の一月のクルーズでセミナーを行う予定でしてね。お客さんを二〇名ほど乗せて那覇まで行くんですよ。朝から勉強会をして、夜は優雅にディナーを楽しもうというわけです。帰りは皆さんと飛行機です。まぁ、僕は楽しむような気分じゃありませんがね」

大沢は自嘲《じちよう》的に笑った。

「お客さんってどんな人たちなんですか」

首を傾げて沙羅は訊いた。

「まぁ羽振りのいい中小企業の経営者たちですね。前回まではホテルでやってたんですが、ある不動産会社の社長さんから、たまには豪華にやってもいいんじゃないかって話がありましてね。何人かに訊いてみたら参加したいというお客さんが多くてね。それでこの船のショートクルーズを使おうと思ったんだけど、実際に一度は乗ってみなくちゃお客さんを連れてこられないですからね」

「そうなると、楽しんでばかりはいられませんね」

沙羅の言葉に、大沢は大きくうなずいた。

「そうです。乗り心地や、スタッフのサービスの質、料理まで確認しなくてはなりません。ぼーっと乗っているわけにはいきませんね」

のどの奥で大沢は笑った。

そんな話をしているうちに船はすっかり陸地を離れ、ゆっくりと右方向に回頭した。右舷《うげん》側の神奈川県と左舷側の千葉県が同じくらいに感ずる。東京湾《とうきょうわん》のまん中あたりに出ているのだ。

「大沢さんは、たとえば《飛鳥《あすか》II》とか《にっぽん丸《まる》》みたいな大型客船は選ばないのですか」

夏希はなんの気なく訊いた。

「最近、世界のセレブたちに人気なのは、大型客船よりスモールラグジュアリーホテルのような小型豪華クルーズ船による船旅なのです。船の規模は小さいですが、豪奢《ごうしゃ》な内装やきめの細かいサービスなどが楽しめますからね。世界各地の寄港地でも小型豪華クルーズ船を歓迎する動きがあるそうですよ。今回のクルーズもほぼ満席だそうですよ」

したり顔で大沢は言った。

「そうなんですか。たしかに船内に入ったとたん素晴らしいインテリアに目を奪われました」

夏希は乗船口からエントランスホールに足を踏み入れたときのことを思い出していた。

ニス塗りの壁はつややかに輝き、真鍮《しんちゅう》の手すりや飾り金具は華やかに光っていた。えんじ系のカーペットは靴の底がいくらか沈むほど厚くて、足の裏がムズムズしたくらいだった。

「調度類も美術品も一流のものばかりですからね。目の肥えたお客さんは喜びますよ」

まるでこの船のスタッフのように、大沢は自慢げに言った。

「エントランスホールに、アンドレ・ドランの名が表示された海辺を描いた油彩の風景画が飾ってありました。ドランって言ったら、マティスと並ぶフォーヴィスムの有名な画家ですよね。あの絵も本物なんですね」

念を押すように夏希は訊いた。

「もちろんです。もとのオーナーであるフランスの富豪、故エドモン・リュシェール氏のコレクションだったそうです。あの絵は五〇〇万円くらいじゃないですか。この船に展示してある絵画や彫刻、陶磁器などの美術品はすべて本物です。各船室に飾られているアルフォンス・ミュシャやマルク・シャガール、ルネ・マグリット、モーリス・ユトリロなどのリトグラフもぜんぶ本物です。上級船室には版画ではなく肉筆画が飾られているようです」

嬉《うれ》しそうに大沢は答えた。

たしかに夏希たちの船室にはミュシャらしい美人像のリトグラフが飾ってあった。

夏希は複製画だと思い込んでいた。

荷物はクルーに運んでもらったが、乗船時に夏希たちは船室に入った。

細い金ストライプの入った白い布地で覆われた壁も、ラベンダー色のカーペットもシックな雰囲気だった。

ただ、夏希たちは出航の瞬間を展望デッキで迎えたかったのですぐに部屋を出てしまって、ゆっくり見ていない。

「盗難の心配はないのですか」

不思議に思って夏希は訊いた。

「警察の方らしい心配の仕方ですね。狭い船ですし、乗船客の多くは富裕層です。数十万から数百万程度の絵画など盗もうとする者はいないでしょう。もちろん盗難保険は掛けてあるはずです」

大沢はちいさく笑った。

「それにしても大沢さんは、お詳しいですね」

素直に夏希は感心していた。

「いや、この船でセミナーを開こうと思ったから、いろいろと調べたんですよ。運営会社の商船タカシマの営業さんにもいろいろ教えてもらいましてね。船の平面図なんて暗記するくらい見ましたよ」

気負いなく大沢は答えた。

「わたしたち、あんまりこの船のことよくわかっていないんで、また教えてください」

社交辞令でもなく、夏希は頼んだ。

「承知しました。昼食の後にでもまたお話ししましょう」

「はい、ぜひ」

「よろしくお願いします」

夏希と沙羅はそろって頭を下げた。

「よい船旅を！」

一礼して、明るい笑顔とともに大沢は立ち去った。

「感じのいい人でしたね」

大沢の背中を見送りながら、沙羅が言った。

「そうだね、こうしていろいろな人と話すのも船旅のおもしろさかもしれないね」

飛行機や列車の旅ではなかなか得られない機会だろう。

ゆったりと進んでゆく時間こそが船旅の醍醐味《だいごみ》だ。

そのとき、沙羅のポケットのなかでスマホが振動した。

さっと手に取って液晶画面を覗《のぞ》き込んだ瞬間、沙羅の眉間《みけん》にしわが寄った。

「はい、小堀です……」

元気のない声で沙羅は電話に出た。

相手がなにか言っている。

「えっ、そうですか」

見る見る沙羅の顔色が悪くなった。

しばらく相手の話を聞いていた沙羅は、ふたたび口を開いた。

「出航から三〇分近くは経っていると思います……えーと、ここは……」

沙羅はスマホを手にしながら左右両舷から見える景色を確かめるように眺めている。

両側には緑色の陸地が続いているが、左舷の房総《ぼうそう》半島に突き出ているのは富津岬《ふっつみさき》だろう。

船は東京湾から浦賀《うらが》水道《すいどう》に入っているのだ。

それでも東京湾内はじゅうぶんに携帯電話網の電波が届く。

「浦賀水道だと思います」

相手の声が受話器から漏れている。

「それはちょっと無理ですね……このあと上陸できるのは第一寄港地の神戸港です。明日《あした》の夕方になる予定です……はい、わかりました。神戸に到着次第、ただちに本部に戻ります」

沙羅は渋い顔で電話を切った。

「なにかあったの？」

夏希の問いかけに沙羅はまわりをちょっと見まわしてから口を開いた。

「捜査一課の久米《くめ》係長からです。今朝、九時半頃に横浜市内で強盗致傷事件が発生したそうです」

重苦しい声で沙羅は告げた。

「えっ、このタイミングで」

さすがに夏希は驚きの声を上げた。

二人が船に乗っているときに、この連絡はないだろう。

それに、もう少し沖に出ていたら電波も届かなかったかもしれない。

知らなくてもいいことを知らされた沙羅がひたすらに気の毒だった。

事件が解決しなければ、神戸の夜景はお預けとなってしまう。警察官とは本当に因果な商売だ。

「あとはお部屋でお話しします」

あたりを気にするように顔をめぐらせて沙羅は言った。

沙羅の言葉に従って夏希たちは船室に戻った。

夏希たちの部屋であるB－37は、Bデッキの右舷《うげん》最後方にあった。

展望デッキからは階段を二階下りる必要があった。

言葉は悪いが、いちばん安いクラスの部屋だった。

Aデッキの上級船室に比べてずいぶん狭いが、それでもツインルームで一〇畳ほどのスペースがあった。さらにバルコニーがあって、潮風を全身に受けて乾杯もできる優雅さだった。

もちろん、きれいなバストイレも備えていた。

「詳しいことを聞かせて」

ゆったりとした声で夏希は尋ねた。

「被害に遭ったのは中《なか》区太田町《おおたまち》の小岩《こいわ》銃砲店です。犯人は単独犯で、男と考えられます」

「犯人の身元はわからないのね」

「サングラスとマスクをしていた上にキャップ型の帽子をかぶっていたので、顔はわかっていません。ただ、背恰好《せかっこう》から極端に若い男ではないと思われます。開店前で客はおらず、店主の小岩盛夫《もりお》さんという六七歳の男性が頭部を殴られて、狩猟用の散弾銃の実包三箱、あわせて七五発が強奪されたとのことです」

こわばった声で沙羅は言った。

「それで、被害者の容体はどうなの？」

心配になって夏希は訊《き》いた。

「開店時刻を待って訪れた客が倒れている小岩さんを発見して通報しました。小岩さんはＪＣＨＯ横浜中央病院に緊急搬送されましたが、意識はあり会話もできるそうです。生命に別状はないとのことです」

沙羅はいくらかおだやかな声に戻って答えた。

「それならよかったけど……散弾銃自体は盗まれていないのね」

「はい、小岩さんに抵抗されたので、あきらめたそうです」

真剣な顔つきで沙羅は答えた。

犯人の目的はなんだろう。猟銃でなにかの犯罪を企図していたが、銃の強奪に失敗したということなのだろうか。

「で、上の人はなんて言ってきたの？」

夏希は沙羅の目を見て訊いた。

「所轄の加賀町《かがちょう》署に捜査本部《チョウバ》が立つことになりました。おまけにうちの係からも捜査員が出るので、わたしにも参加せよとのことなのですが……」

しょげたような口調で沙羅は答えた。

加賀町署と聞いて夏希はなつかしさで胸が震えた。

あのスタイリッシュな建物の通りを挟んだ斜め向かいに建つのが科学捜査研究所だ。

夏希は科捜研で警察官人生を始めたのだ。

数々の事件、たくさんの思い出が残る場所だ。

「小堀さんは海の上だもんね」

夏希は淡々と言ったが、沙羅はますます情けない顔を見せた。

「ええ、捜査本部に駆けつけることはできません」

「ボートを出してもらうわけにはいかないしね」

この船がテンダーボートなどを積んでいるとしても、緊急時以外に出してもらうわけにはいかないはずだ。

沙羅にとっては緊急事態かもしれないが、この船にとっては緊急性を要するはずがない。

また、通常は港に入ってからでないと、ボートを出すことはできないだろう。

「神戸に着いたらすぐに戻ってこいって係長は言ってました」

少しは明るい声になって沙羅は答えた。

いくらなんでも、泳いで帰れとは言わないだろう。

「だったら、いいじゃん。神戸に着くまでは事件のことなんか完全に忘れて楽しもうよ」

夏希はめいっぱい明るい声で言った。

「でも、船旅なんかに出たから戻れないわけですし……」

沙羅は肩をすぼめた。

「いいんだよ。ふつうの旅だったら、無理にも帰らなきゃいけないんだから」

夏希は伊豆《いず》の旅から呼び戻された数年前の不快感を思い出していた。

「それに、石田さんにも迷惑掛けちゃうし」

「大丈夫。彼は最初からこの話に賛成してたんだから、文句言うはずないじゃん」

「それもそうですよね」

ようやく納得したように沙羅は答えた。

「さ、事件のことはきっぱり忘れよう」

スマホで位置を確かめると、現在は剱崎《つるぎざき》沖あたりを航行中のようだ。

あらためて夏希は、ベッドサイドの壁に飾られた金縁の額に入ったアルフォンス・ミュシャのリトグラフを眺めた。

「こんな絵が家に飾れたらいいね」

夏希はうっとりとした声を出した。

「さすがにそれはちょっと贅沢《ぜいたく》かも」

笑い混じりに沙羅は答えた。

金髪の頭を花で飾ってゆったりとした白い服を身につけた美女は、どこか物憂げな表情を見せている。夏希が感ずるアール・ヌーヴォーの雰囲気そのものを代表するような絵柄だった。

退色はあまり進んでおらず、比較的よい状態の作品だった。

夏希と沙羅は、部屋の右手、つまり船尾方向に設《しつら》えられた小花柄ゴブラン織りのソファに座った。

心ゆくまで絵を眺めた夏希は、部屋の片隅にある冷蔵庫に歩み寄って中身を確かめた。

ビールと何本かのワイン、ミネラルウォーターが冷えていた。

「モエ、ここにもあるよ。ロゼだけどハーフだから開けちゃわない？」

片手にボトルを手にして、夏希は沙羅を誘った。

ルームサービスも頼めるが、この部屋のドリンク類はすべてフリーと書いてある。

た。

「いいですね」

沙羅はそばのキャビネットからフルートグラスを取り出してソファテーブルに置いた。

夏希たちはバルコニーに出て、海を眺めながら二度目の乾杯をした。

舷側《げんそく》が波を切る音が心地よく響く。

目の前には三浦《みうら》半島の陸地がゆっくりと左から右へと動いている。

岩礁に囲まれた緑の丘の上には白灯台が見える。

夏希は過去の事件で剱崎を訪れたときのことを思い出していた。

あのとき上杉輝久《うえすぎてるひさ》が、東京湾と相模《さがみ》湾の境界は、三浦半島の剱埼《つるぎざき》灯台と房総半島の洲埼《すのさき》灯台を結んだ線だと教えてくれた。

「いよいよ、東京湾を出るよ」

夏希は声を弾ませた。

「うーん、気分最高ですね」

沙羅は両手を空に向かって差し伸ばして思い切りのびをした。

東京湾から出ることで夏希のこころは日常から解放されていた。

これこそまさにリゾート気分だ。

外海に出ようとしているが、船はゆるやかな揺れのなかにある。

波もおだやかで、船旅には最高の日となったことが夏希は嬉《うれ》しかった。

剱崎の上空を数羽のトビがゆるやかに舞っていた。


【2】


捜査会議は一一時に招集された。

「昼飯は後回しか……」

加賀町署講堂のパイプ椅子に座った石田巡査長はこっそりつぶやいた。

殺人事件の捜査本部よりは、だいぶこぢんまりとしている。

強盗致傷事件だけに刑事部長や捜査一課長は臨席していない。

招集された捜査員も本部捜査一課と加賀町署刑事課からあわせて二五名ほどに過ぎなかった。

捜査本部の設置はもっと時間が掛かることが多いが、今回は小規模なのでかなり短時間で準備できたようだ。

形だけ部長や捜査一課長らの幹部席は設けられているが、加賀町署長も顔を見せていない。

捜査員が座る椅子も前のほうだけにしか並んでおらず、講堂後方はがらんとしていた。

いつもは相方の沙羅が休暇を取っているので、今日は誰と組まされるのか。

やがて加賀町署の署長が現われてあいさつをするとすぐに会議は始まった。

実質上のリーダーは、佐竹義男《さたけよしお》刑事部管理官だ。

チャコールグレーのスーツをビシッと着こなす姿は、ベテラン刑事出身の佐竹に似つかわしい。

佐竹管理官は事件発生から現在までの経緯を説明した。

「事件の経緯は先に述べた通りだが、一〇時一二分に発令された指定署配備は不発に終わった。通報自体が事件発生から三〇分以上経っていたので、犯人は緊急配備《キンパイ》の網に引っかからなかったものと思量される。犯行時刻に近い九時四〇分頃、太田町通りをスピードを上げて走る不審な銀色の軽バンが目撃されている。犯人のクルマと断定できるわけではないが、この目撃証言だけが唯一の手がかりに近い。現時点ではほかに犯人を特定する材料はなにひとつ見つかっていないのが実状だ」

苦い顔で佐竹管理官は言葉を継いだ。

「いまのところ遺留品も見つかっていない。従って、地取《じど》り捜査を中心とするしかない。現場近くでの目撃証言と防犯カメラから犯人を特定することに注力する。捜査員をふたつに分ける。目撃証言を収集する一班と防犯カメラのデータ収集に当たる二班だ。どちらの班も目撃された銀色の軽バンについての情報を収集することに傾注してほしい。この後の捜査の進展状況次第では、班分けをやり直すことはおおいにあり得ると考えてほしい。犯人は猟銃の強奪には失敗している。だが、被疑者《マルヒ》が猟銃を保持していないという保証はない。いずれにしても、本日中に犯人を確保する覚悟で臨んでほしい」

佐竹管理官はつよい調子で言い切った。

捜査員たちは班分けのために講堂の後方に集まり始めた。

直属の上司である捜査一課の久米昌幸《まさゆき》強行七係長と加賀町署の刑事課長がリーダーとなっている。

石田も久米係長のもとに歩き始めた。

そのとき、佐竹管理官に連絡係の加賀町署員が歩み寄って耳打ちした。

「わかった、電話に出る」

佐竹管理官は渋い顔で近くに設置された電話の受話器を取った。

　石田は気になって歩みを止めた。

「なんだ、なにかあったのか。こっちは太田町の強盗致傷事件で忙しいんだ。え、なんだって？」

　電話の相手がしばらくなにか喋《しゃべ》っている。

　誰からの電話なのだろう。

「間違いないのか。わかった……そのまま捜査を継続してくれ」

　電話を切ると佐竹管理官は石田を手招きした。

「おい、石田。ちょっと来てくれ」

　管理官に直接呼ばれることは少ない。

　緊張して石田は管理官席に小走りに近寄った。

「なにかご用でしょうか？」

　石田の問いに、佐竹管理官は微妙な表情で訊《き》いた。

「いつも石田は小堀と組んでるな」

「はい、係長からしばらく面倒を見ろと言われています。ですが彼女は広報県民課の依頼で今日は……」

　佐竹管理官は手を振って石田の言葉をさえぎった。

「そのことは知っている。小堀は客船に乗ったと聞いているが」

「ええ、《ラ・プランセス》という船で一〇時半には出航したはずです。ですから、小堀はこの捜査本部には参加できません」

石田は沙羅をかばうように口調を強めた。

「その話じゃあない。実はな、いま江《え》の島《しま》署の加藤清文《かとうきよふみ》巡査部長から電話が入ってな。俺は今夜、加藤と飲む予定になっていたんだ。ところが、断ってきた。あいつは相方の北原兼人《きたはらかねと》巡査と一緒に《ラ・プランセス》に乗船したそうだ」

佐竹管理官は予想外の言葉を淡々と口にした。

「え、え……加藤さんが？　いったいどういうことなんですか？」

石田にはわけがわからなかった。

「一昨日《おととい》の夜遅く、藤沢《ふじさわ》市片瀬《かたせ》海岸の路上でケンカにより重傷者ひとり、軽傷者をひとりを出した傷害事件が発生した。マルヒは狭間秀一《はざましゅういち》という三三歳の男だ。加藤はこの傷害事件を追っていた」

「それでなぜ船に？」

「うん、昨夜遅く山下《やました》公園近くのコンビニで狭間らしき男を見かけたとの加賀町署地域課の情報を得て、加藤は今朝から付近を面パトで巡回していた。すると、一〇時半少し前に、大さん橋を出航する直前のその船の展望デッキに立っている狭間を発見したんだ。加藤は相方の北原と一緒に船に乗り込んで狭間を捕らえようとした。が、展望デッキにはすでにおらず、船内を捜索しているうちに出航時刻となった。加藤はあきらめずにそのまま船に乗っている。相方の北原も一緒だ」

佐竹管理官は静かな調子で続けた。

石田はいかにも加藤らしい行動だと思った。

兵庫県警に依頼して最初の寄港地である神戸港から警察官を乗船させて捜索することなど、加藤の頭にはなかったのだろう。目の前の獲物をみすみす逃すことは、加藤にはガマンできなかったに違いない。

乗り捨てた面パトは江の島署員が引き取りに来るのだろうか。

いずれにしても署長から叱られるはずだが、そんなことを気にする加藤ではない。

「つまり加藤さんたちは洋上ということですか」

目を瞬《しばた》いて石田は念を押した。

「そうだ、すでに船長には第一寄港地の神戸まで乗船する許可を得ているそうだ。一六〇〇人乗りで三〇〇〇トンほどのあまり大きくない船だそうだから、程なく身柄確保できるだろう。おまえ、小堀の携帯番号を知ってるだろう」

「もちろんです」

「まだ電波が入る海域に違いない。小堀に電話して加藤たちと合流して狭間確保に協力するように言ってくれ」

有無を言わせぬ調子で佐竹管理官は言った。

せっかくとれた休暇なのに、沙羅にはまったくもって気の毒な話だ。

石田にはもうひとつ気になることがあった。

「あの……実は小堀は真田夏希さんと一緒にいます。真田さんも《ラ・プランセス》に乗っているのです」

「えっ、そうなのか」

佐竹管理官は目を見開いた。

「はい、小堀は真田さんを敬愛しているので、一緒に旅行したかったようです」

言い訳するように石田は答えた。

「真田は優秀だが、うちの職員じゃないからな……あいつはいまは警察庁だ。真田について俺が命令はできない。また、彼女の能力が活《い》かせるような場面はないだろう」

かるく顔をしかめて佐竹管理官は言った。

「わかりました」

仕方なく答えたものの、実に嫌な役目だ。

まじめな人間だけに、沙羅は真剣に仕事をしようとするはずだ。

休暇などどこかに飛んで行ってしまうに違いない。

石田は講堂の隅に行ってスマホを取り出し、沙羅の番号をタップした。

「はい、小堀です」

すぐに沙羅のきれいな声が響いた。

「こんちは、石田だよ。船旅楽しんでるかな」

なるべく明るい声で石田は言った。

「すみません、石田さん。わたしだけ休んじゃって」

沙羅は情けなさそうな声を出した。

「とんでもない。だいたい今日は公休日だ。俺は小堀に出かけてほしかったんだよ」

本音だった。たまには羽を伸ばさないとエネルギーが蓄積できない。

石田自身が休暇の重要性を感じながらいつも働いていた。

「そう言って頂くと、なんだか気持ちがラクになります」

沙羅のおだやかな声に、石田のこころは痛んだ。

「旅を楽しんでいる途中に申し訳ないんだけど……」

慎重に言葉を選んで石田は用件を切り出した。

自分だってデートの途中に呼び出されて、相手にフラれた経験があるのだ。

「どうかしましたか？」

けげんそうな沙羅の声が耳もとで響いた。

「実はね、その船に江の島署の加藤さんと北原くんが乗っているんだ」

石田は言葉を切った。その先はなかなか言いにくい。

「え？　あのお二人が……どうしてですか？」

不思議そうに沙羅は訊いた。

「それがね、藤沢市内で起きた傷害事件の被疑者と考えられる男を追いかけて乗っちゃったんだよ。北原くんも一緒に」

本題に触れるのもつらかった。

「加藤さんらしいですね。わかりました。加藤さんのお手伝いにまわります」

あっさりとした口調で沙羅は答えた。

「え……いいの？」

あまりに潔い態度に、石田はとまどいを感じつつもホッとしていた。

「もちろんです。加藤さんのお手伝いなら喜んで」

沙羅は明るい声で答えた。

「ありがたい。加藤さんを助けてやってよ。詳しいことは彼から聞いてください」

石田はできるだけやわらかい声を出すように努めた。

「了解しました。お電話ありがとうございます」

几帳面《きちょうめん》な調子で沙羅は答えた。

「こちらこそありがとう。土産話を待ってるよ。真田先輩によろしくね」

石田は肩の荷が下りる気持ちで電話を切った。

「小堀は、こちらから指示するまでもなく加藤さんに合流すると言っています」

明るい声で、石田は佐竹管理官に報告した。

「そうか、さすがは小堀だな」

佐竹管理官は本心から感心したように言った。

「こっちの強盗致傷事件のことは加藤さんは知らないと思います。電話しましょうか？」

石田の問いに佐竹管理官は首を横に振った。

「必要ない。船の上にいる加藤たちに、こちらの捜査に参加できるはずもないだろう。あいつらが神戸で船を下りるまでには解決したい」

佐竹管理官の言う通りだ。

「たしかに長引かせたくありませんよね」

石田は調子よく答えた。

「ところで、とんだことで石田は班分けから外れてしまったな……相方がいないだろう」

佐竹管理官に言われて講堂内を見まわすと、自分のほかには佐竹管理官と久米係長、加賀町署の刑事課長しか私服はいない。残りは連絡要員の制服警官ばかりだ。

「はい……ひとりみたいですね」

「夕方まで本部にいて俺の補佐をつとめろ。予備班だ」

佐竹管理官はまじめな声で命じた。

だいたい警部補以上の者は捜査本部でも予備班と位置づけられて、捜査幹部の補佐をすることが多い。

「あれ？　係長待遇ですね」

わざとはしゃいだ声で石田は答えた。

本当はここにいると息が詰まるので外へ出たかったが、管理官の指示に異を唱えられるはずもない。

「あくまで夕方までだ」

佐竹は苦い顔で言った。

「わかってます」

石田は管理官席のそばの島に座った。

【3】

「真田さん、ごめんなさい」

電話を切った沙羅がこくんと頭を下げた。

「なにかあったの？」

沙羅の電話の相手が石田であることや、加藤が乗り込んでいるらしいことはわかっていた。詳しいことが知りたかった。

「実はこの船に傷害事件の被疑者が逃げ込んでいます。その男を追いかけて江の島署の加藤さんと北原さんが乗っているんです。わたし、加藤さんのお手伝いをしなくちゃ」

沙羅は申し訳なさそうに言った。

「そんなことだろうと思ってた。いいよ、わたしも手伝うから」

笑みを浮かべて夏希は答えた。

シャンパーニュはまだグラス二杯しか飲んでいない。

夏希はまったく酔っていなかった。

沙羅の顔も少しも赤くなってはいない。

「でも、神奈川県警の事件だし、真田さんは船室でゆっくりしていてください」

気遣わしげに沙羅は言った。

「そうはいかないよ。わたしだって警察官なんだよ。加藤さんには助けてもらってばかりだから、少しは恩返ししなきゃ」

夏希の本音だった。この前の織田《おだ》が誤認逮捕された事件でも、夏希は加藤に泣きついた。

「ありがとうございます。真田さんが一緒にいてくだされば安心です」

沙羅は頬に明るい笑みを浮かべた。

「だってさ、小堀さんがいないとつまんないもん」

じっさい沙羅と二人の船旅だから楽しいのだ。

「嬉《うれ》しいです。加藤さんの電話番号あったかな」

沙羅がスマホを取り出そうとするのを、夏希は手を振って止めた。

「ちょっと待って。いきなり顔出そうよ」

「え？　どうしてですか」

きょとんとした顔で沙羅は訊《き》いた。

「えへへ、サプライズ」

加藤たちにいきなり顔を見せて驚かせたかった。

「じゃ、どうします？」

沙羅はとまどいの顔で訊いた。

「そうだね、チーフパーサーか事務長みたいな人に、加藤さんの居場所を訊くのが早いと思う」

サプライズはともかく、この船の管理部門にはあいさつしておかなければならない。管理部門のスタッフに加藤のところに案内してもらうのがいい。

「なるほど。事務室に行けばいいんですかね」

「乗船時はエントランスホールにいたよね」

エントランス付近で船長をはじめとする肩章をつけた高級船員たちが乗船客を出迎えていた。そのひとりが、チーフパーサーのバッジをつけていたはずだ。

「そうでしたね。覚えてます」

「とりあえずエントランスホールに行ってみようよ」

「はい、行きましょう」

沙羅は元気よく答えた。

夏希たちは船室を出て、廊下の中央あたりにある階段を一階下りた。

Cデッキと呼ばれるフロアで、エントランスホールのほかラウンジ、レストラン、バー、フィットネス、ミニシアター、エステティックサロンなどが配置されている。

階段を下りたところがエントランスホールだった。

乗船時はたくさんの船客がいたが、いまはガランとしている。

壁際に並んだ革張りのソファにも誰も座っていなかった。

アンドレ・ドランの海景を描いた油彩画もちらっと横目で見ただけで、夏希の目は船員の姿を探していた。

油彩画とは直角の位置にある木製の受付カウンターの奥に白い制服を着た女性スタッフとチーフパーサーが立っていた。

夏希たちは足早に受付カウンターに向かった。

「あの、すみません。B－37の真田です」

「小堀と申します」

二人が名乗ると、スタッフの女性は不安そうな顔つきに変わった。

シングル仕立ての白いジャケットはパリッとしてしわひとつない。

左胸には真鍮《しんちゅう》板に黒文字で「パーサー八代《やしろ》尚美《なおみ》」と書かれたバッジをつけている。

細い輪郭にくっきりとした目鼻立ち。聡明《そうめい》そうな三〇歳くらいの女性だった。

「なにかお困りのことがおありでしょうか」

丁重な調子で尚美は訊いた。

「いえ、船旅には大変満足しております。実はわたしたち警察の者です」

夏希はやわらかい笑みとともに答えた。

「取材のお話は伺っております」

苦情でないと知ってか、安心したように尚美は答えた。

「取材の際にはご迷惑をおかけしました。その件ではございません。実はわたしたちの同僚が乗船しているはずなんですが」

夏希は慎重に言葉を選んだ。

「はぁ……同僚の方ですか」

答えに窮したように、尚美は両の目を泳がせた。

「加藤と北原という者が乗船していると県警から連絡を受けているのですが」

言葉に力を込めて夏希は訊いた。

「さようでございますか」

尚美は助けを求めるようにチーフパーサーを見た。

「はい、ご乗船頂いております」

隣に立つチーフパーサーがいくらか早口で答えた。

丸顔でおだやかな顔立ちを持つ、恰幅《かっぷく》のよい五〇歳くらいの男だ。

ダブル仕立てに金ボタンの並ぶ白い制服姿がよく似合っている。

金筋が三本入った肩章と袖章《そでしょう》が輝いている。バッジの名前は曽根《そね》昌伸《まさのぶ》とある。

「やっぱり乗ってますか」

夏希は曽根チーフパーサーの目を見つめて念を押した。

「はい、緊急の捜査でご乗船とのことと、わたくしどもも承っております」

曽根チーフパーサーはおだやかな口調で答えた。

「ご存じなのですね」

夏希はさらりと確認した。

「加藤さまから伺いました……実は加藤さまや船長と協議した結果、ほかのお客さまには内密で捜査するという結論に至りまして」

おだやかな口調を保ったまま、曽根チーフパーサーは答えた。

「申し訳ございません」

気まずそうに尚美は頭を下げた。彼女の立場では答えることができなかったのだろう。

「加藤たちと会いたいのですが」

夏希は曽根チーフパーサーにいくらか強い調子で頼んだ。

「承知致しました。わたくしがご案内します」

曽根チーフパーサーはカウンターから出てきて、先に立って歩き始めた。

Bデッキ・Aデッキと階段を上がって、さらに上の展望デッキのキャビン内の廊下を進んだ。

客室区域とは大きく異なり、鉄板に白い塗料を塗っただけの殺風景な空間が続いている。

床は緑色の樹脂舗装で、天井には直管型の蛍光灯が続いている。

高級船員の居住区なのだろう。一等から三等の航海士や機関士、通信士、船医などのプレートが各ドアに掛かっていた。

廊下の先は船首側に当たる。突き当たり付近に階段があってブリッジに続いているように思える。階段の両脇にいくらか豪華な木製の扉があった。右舷《うげん》側に船長室、左舷側には機関長室というプレートが光っている。

ドアの前に立った曽根チーフパーサーがノックして声を張った。

「曽根です。警察の方をご案内しました」

室内から「どうぞ」というよく通る声が響いた。

「失礼します」

曽根チーフパーサーはドアを開けると、掌《てのひら》で室内を指した。

八畳ほどの船長室は木目のきれいな板張りでそれなりに豪華だった。

奥にある両袖机の向こうに、体格のよい六〇歳前後の制服姿の男性が座っていた。

乗船時にエントランスホールで迎えてくれた船長に相違ない。

均整のとれた身体つきで、やや面長だが思慮深そうな顔つきだ。引き締まった唇には意志の強さを感ずる。

やはりダブル仕立てのジャケットで、金色の線は肩章、袖章ともに四本入っている。

すぐ左手前の茶色い革張りソファから二人の男が立ち上がった。

「真田……それから小堀か。なぜここに」

うなるような声を出したのは加藤だった。いつものベージュ系のスーツを着ていた。

隣で北原は目を大きく見開いて驚きの表情を浮かべている。

「応援にきました」

夏希はいたずらっぽく笑った。

二人のこの顔が見たかったから、船内で電話を掛けなかったのだ。

船長が椅子から立ち上がって夏希たちに近づいてきた。

胸のプレートを見ると若林《わかばやし》興一《こういち》とある。

「乗船時にはどうも。取材お疲れさまでした。船長の若林です」

若林船長は右手を差し出した。

一度見ただけの夏希たちの顔を覚えていることには驚いた。

取材のことが頭に入っていたからだろうか。

あるいは沙羅の美貌《びぼう》に注目していたのかもしれない。

「警察庁の真田です」

「神奈川県警捜査一課の小堀です」

夏希たちは握手を返して続いて名乗った。

「ま、ソファのほうにどうぞ」

若林船長は笑顔でソファを指し示した。

夏希と沙羅は若林船長の言葉に従ってソファに座った。

加藤たちはすでに座り直していた。

「わたくしはこちらで失礼しますよ」

ゆったりとした口調で若林船長は机の椅子に座った。

曽根チーフパーサーはドア付近に立ったままだった。

「二人は客としてこの船に乗っていたということだな」

夏希の正面で加藤が首を傾げて訊《き》いた。

「そうです。小堀さんと神戸までのクルーズに参加していました」

さらりと夏希は答えた。

「驚いたな。こんな豪華客船に乗っているとはな。しかも小堀まで一緒とはなぁ」

加藤は言葉通りに驚いているようだ。

彼も刑事だけに、捜一に所属する沙羅が船旅に出ることの難しさをわかっているはずだ。

「まぁ、いろいろとありまして。そんなことより被疑者のことについて教えてください」

船旅についての詳しい話をしている場合ではない。

夏希は先を急いた。

「マルヒは狭間秀一という三三歳の無職の男で横浜市都筑《つづき》区在住だ。一昨日《おととい》の夜遅く、だいたい午後一一時半頃だな。小田急《おだきゅう》線の片瀬江ノ島駅すぐ近くのコンビニ前の路上で傷害事件があった。通りすがりの男女三人組と狭間があまりはっきりしない理由でケンカになった。若い男女三人はかなりはしゃいで歩いていたらしい。すれ違うときに狭間が『うるせぇ』と言っていきなり殴りかかった。男たちは殴り返したが、狭間は強くて二人をぶちのめしてしまったんだ。女性があわてて一一〇番通報したが、江の島署地域課員が駆けつけたときには逃走してしまっていた。被害者《マルガイ》の二人のうち二二歳の男性はあごの骨を折るなどして全治二ヶ月の重傷を負った。二一歳の男性は左肩関節を脱臼《だっきゅう》して全治三週間のケガをした」

加藤は淡々と説明した。

「狭間はなんでそんなに強いんですか」

夏希は不思議に思って口にした。

「若い頃にボクシングを習っていたようだ。マルガイ二人はイキがってる若僧だが、実戦経験はなかったようだな」

加藤はのどの奥で笑った。

「スポーツの技をケンカに使うなんてルール違反ですよね」

沙羅は腹立たしげに言った。

「たしかにその通りだ。ケンカの詳細を知るにつけ、凶暴な男であることは間違いないと思った。狭間には過去にも傷害の犯歴がある。三年ほど前に千葉県内で酔って飲食店の従業員に暴力を振るい、全治二週間のケガをさせて逮捕・起訴されている。が、そのときは執行猶予がついている。こんな男を野放しにしておくと、またなにかやらかすに違いないんだ」

眉間《みけん》に深いしわを刻んで加藤は言った。

「なんで男女三人組にからんだんでしょうね」

聞いた事情からは夏希は、狭間が三人組にケンカを売った理由が把握できなかった。

「真田らしい質問だな。たいした意味はないだろう。あの手の男たちには合理的な思考なんてない。言ってみれば野獣のようなもんだ。ただ、狭間は三週間前まで横浜市内の電気機器メーカーで派遣社員として働いていた。いわゆる派遣切りにあって、むしゃくしゃしていたようだ。だからって二人を病院送りにするなんてマトモじゃあない」

加藤は唇を歪《ゆが》めた。

いずれにしても狭間が暴力的な男であることは間違いなさそうだ。

「都筑区在住の男が、なんで江の島なんかにいたんですかね」

素朴な疑問が夏希の胸に浮かんだ。

「いまのところはわかっていない」

「こんな豪華な船に乗っていることも不思議ですよね」

夏希のこの問いに、加藤は得たりとばかりにうなずいた。

「その通りだ。狭間はこの船に乗るような金を持っているはずはない。それにな、俺がヤツを見かけたときには、こざっぱりとした紺ブレザーに白シャツとチノパンという恰好《かっこう》だった。この船の船客として少しもおかしくない服を着ていた。江の島の事件のマルガイの話では、薄汚いブルゾンにデニム姿だったそうなんだが……」

加藤は首をひねった。

「加藤さんは展望デッキにいる狭間を見たんですよね。もしかして見間違いということはありませんか」

失礼とは思ったが、夏希は訊かざるを得なかった。

「いや、絶対に見間違いなんかじゃない」

加藤は語気も荒く答えた。

「それで追いかけてこの船に乗っちゃったんですよね」

夏希は笑い混じりに訊いた。

「そうですよ。僕のことも引っ張って無理に船に乗せて……。面パト回収してほしいって署の警務課に電話したらメチャクチャ怒られましたよ」

加藤の隣で北原は口を尖《とが》らせた。

「じゃあおまえは、狭間にこの船で騒動を起こされてもいいって言うのかよ」

嚙《か》みつくように加藤は北原に詰め寄った。

「いえ、そうは言ってませんけど……神戸港に着いたときに、兵庫県警に検挙してもらえばよかったんじゃないんですか」

北原は気弱な声で答えた。

「神戸まで行く船のなかで狭間が暴れたらどうするんだよ」

きつい調子で加藤は北原に言った。

「それは困りますね」

若林船長は眉根《まゆね》を寄せた。

「船長もああおっしゃってるんだ」

加藤は背を反らした。

「狭間がこの船に乗っていることは間違いないんですよね」

くどいとは思ったが、夏希は念を押した。

「はい、わたしも乗船時にたしかに見ております。一六〇名ほどのお客さまですので、見間違えるはずはございません」

加藤に代わって若林船長がきっぱりと言った。

やはり船長はすべての乗船客の顔を覚えているようだ。

「船長と俺との二人が、この顔をしっかり確認しているんだ」

加藤はスマホを取り出してひとりの男の顔を提示して見せた。

夏希と沙羅は液晶画面をいっせいに覗《のぞ》き込んだ。

「うわー、粗暴犯のイメージにぴったり」

沙羅の言葉に加藤は顔をしかめてうなずいた。

逆三角形の輪郭を持った色の浅黒い男だ。鼻は高く両目が少し吊《つ》り上がっている。

細い目には暴力的な光が宿っている。すぐにキレそうな感じの顔つきは、いままで狭間が起こした事件を裏づけているようにさえ見えた。

「回収したチケットの乗船時刻スタンプからあとで確認しましたところ、A－18のお客さまのうちのひとりということになります。この部屋の予約は義岡久司《よしおかひさし》という名義で入っていました。住所は東京都立川《たちかわ》市となっています。もう一名も男性で多田春人《ただはると》という名前です。住所は神奈川県川崎《かわさき》市です。この多田という男性も乗船しています。しかしA－18を確認しましたが、部屋には誰も入室した形跡がありません。二人ともどこかへ消えてしまっているのです」

若林船長は顔を曇らせた。

夏希の背中に寒気が走った。

たしかになにかがおかしい。江の島の傷害事件から、ただ逃げ出してこの船に乗ったわけではなさそうだ。

「予約時に届けた都内の電話番号に掛けてみたがデタラメだった。使用されていない番号を予約時には使ったんだ。とにかく単純な話ではないような不吉なものを感ずる」

夏希の直感を裏づけるような言葉を加藤は口にした。

「早く捕まえたいですね」

沙羅は言葉に熱を込めて言った。

「ひと通りの捜索は行ったんですよね」

夏希は尋ねた。加藤のことだから、ぬかりはあるまい。

「ああ、レストランとかバーとかの共用部分は、俺と北原でぜんぶ見てまわった。どこにも狭間らしき男はいなかった。俺たちの未捜索部分はA・Bデッキの各船室とDデッキの一般船員と従業員居住区だ」

加藤は夏希の顔を見ながらはっきりとした発声で答えた。

「Dデッキのクルー居住区は、わたしと三人のスタッフで手分けしてチェックしていますから問題はありません」

それまで黙っていた曽根チーフパーサーが口を開いた。

「そうですね、Dデッキは曽根さんたちがチェックしてくださっていますよね」

北原が取りなすように言うと、曽根チーフパーサーは黙ってあごを引いた。

「ねぇ、船長。やはり各船室は捜索させて頂けませんでしょうか」

加藤には珍しく下手に出た調子だった。

「先ほどもお話ししましたが、それは難しいです。申し上げた通り、八〇室の各船室はすべてスイートルームでバストイレやバルコニーもあります。お客さまにドアを開けて頂いて、ちらっと内部を見ても捜索したことにはなりません。ですが、ずかずかと船室内に踏み込んでトイレまで捜索するというのは……お客さまがお許しにならないと思います。わたくしどもは常に最高のサービスを提供することを目指しております。お客さまに不快な思いをさせるわけには参りません」

おだやかな声で話す若林船長の眼は厳しかった。

若林船長の乗船客を守りたいという強い意志が感じられた。

乗船客のひとりとしては嬉《うれ》しかったが、警察官の夏希としてはそうも言っていられない気持ちだった。

「やはりそうですよね……現時点では令状請求も困難です。強制捜査ができるわけではない」

加藤は肩をすくめた。

夏希はこのような場合の令状申請が可能なのかどうかを知らなかった。ただ、捜索差押許可状や逮捕状が発付されたとしても、捜索差押や逮捕を執行する際には処分を受ける者や被逮捕者に提示しなければならない。つまり令状そのものがなければ不可能な話なのだ。

この傷害事件で、神奈川県警が舟艇を出して《ラ・プランセス》を追いかけて令状を加藤に届けてくれるはずはない。

もっとも、もう出航から一時間以上経過している。令状発付後に、この船に追いつくこと自体困難なはずだ。

総トン数二〇〇トン以上の船舶では司法警察職員等指定応急措置法等により、船長は「船内における犯罪につき、司法警察員として、犯罪の捜査、犯人の逮捕などの行為を行う」ことができる。

この船は三〇〇〇トンほどと聞いているから、若林船長は司法警察員としての職務を執行できる。だが、狭間の犯罪は船内で発生したものではない。今回の事件では船長自身に捜査や逮捕の権限はない。

「もちろんのことです。それ以前に、わたくしどもはすべてを秘密裡《ひみつり》に行いたいのです。傷害犯が乗り込んでいるなどということは、本船と我が社の大きなイメージダウンになります。先ほどもお話ししましたように、本社とも連絡を取りました。が、株式会社商船タカシマの意思としても令状のない限り船室の捜索は不可ということでございます」

若林船長は《ラ・プランセス》側の意向と会社の意思を伝えた。

曽根チーフパーサーはしきりとうなずいている。

「わかりました。となると、いまのところ我々にできることはなにひとつありません。先ほど申しましたように、すべての乗組員の方に協力して頂いて、狭間の発見に努めるほかはありません」

あきらめたような口調で加藤は言った。

「残念ながら、それ以外に方法はないようです。狭間という男が何らかの動きを見せれば別ですが……」

低い声で若林船長は言った。

「少しでも動いてほしいものです」

加藤は鼻から息を吐いた。

「ところで、加藤さん。陸《おか》でも事件があったんですよ」

沙羅は出航直後に電話で久米係長から聞いた、中区太田町の銃砲店を現場とする強盗致傷事件について伝えた。

「そっちのほうがデカい事件だな。もっとも江の島署の俺たちは呼ばれるとは思えないが」

興味を示しはしたが、加藤は自分とは直接には関係のない事件と考えているようだった。

「そうですね、捜一と加賀町署でじゅうぶんでしょうね」

北原もうなずいて賛意を示した。

「だが、気になるな。その強盗致傷犯はなんのために銃砲店なんて襲ったんだ。散弾銃の実包なんて売り払えないだろ。使うために強奪したとしか思えない」

考え深げに加藤は言った。

夏希はそこはかとない不安を覚えた。

「まぁ、猟銃自体の強奪には失敗したんだから、そう心配することはないでしょう」

北原はのんきな声で言った。

「おまえバカか」

加藤はあきれ声で言った。

「どうしてですか」

口を尖《とが》らせて北原は訊《き》いた。

「そいつか、そいつの仲間が猟銃を持ってるかもしれないだろう。実包が足りなかったから強盗に入ったのかもしれないじゃないか」

加藤の言葉は夏希の不安と一緒だった。

「じゃあ加藤さんは、これから犯罪が起きる可能性もあると考えているんですか」

夏希の言葉に加藤は厳しい顔つきになった。

「ないとは言い切れない」

「猟銃を使って、なにをするつもりでしょう」

沙羅は眉《まゆ》をひそめた。

「わからん。判断する材料が少なすぎる」

気難しげに加藤は答えた。

「強盗ですかね。銀行とか現金輸送車を狙おうとしているとか」

北原の言葉にも一理ある。

「それもありうる。が、わからない。いずれにしても佐竹さんが仕切ってるんなら大丈夫だ。程なく捕まるだろう。ま、海の上にいる俺が心配してもしょうがない」

淡々とした声で加藤は言った。

「こっちのマルヒも加藤さんがいるから大丈夫ですね」

沙羅はまじめな顔で言った。

「うまいこと言ってもダメだ」

そう言いながらも加藤は機嫌よく笑った。

若林船長と曽根チーフパーサーは、警察官同士の会話を興味深げに聞いていた。

「ところで、真田さまと小堀さま。あと一〇分ほどでランチの時間でございます。レストランのほうにお運び頂きたいと存じます」

夏希たちに向かって曽根チーフパーサーが言った。

ハッとした、もうすぐランチタイムだ。

「加藤さんと北原さん、ランチはどうなさるんですか？」

沙羅が気遣わしげに訊いた。

「船のほうからパンをたくさん頂いているから気にするな」

素っ気ない調子で加藤は答えた。

「ランチのメニューって、きっと豪勢なんですよね」

北原がうらやましそうな声を出した。

「本日のメインディッシュは、南伊豆産伊勢《いせ》エビのテルミドールと近江《おうみ》牛のフィレステーキからお選び頂くようになっております」

曽根チーフパーサーは涼しい顔でメニューを告げた。

エビがいいかなと夏希は内心で思った。

「カトチョウ、いまはやることないんだしランチだけでも……」

舌なめずりしそうな顔で北原は言った。

「バカっ」

加藤はいきなり北原の頭を後ろからはたいた。

「痛いっ」

叫び声を上げて、北原は顔を歪《ゆが》めて自分の後頭部をなでた。

「なにするんですか」

北原は頬をふくらませた。

「俺たちは客じゃないんだ。真田や小堀とは違うんだぞ。捜査のために乗せて頂いているんじゃないか」

加藤はつばを飛ばした。

「北原さん、お仕事頑張ってね」

さすがに夏希も気の毒に感じた。

「加藤さまと北原さまには、お食事をご用意すると申しあげたのですが……」

とまどったような顔で曽根チーフパーサーは言葉を途切れさせた。

「曽根さん、ありがとうございます。なんだか贅沢《ぜいたく》なパンをたくさん頂いたんで、じゅうぶんです。いつもはコンビニのカレーパンとか食ってますんで」

にこやかな声に戻って加藤は言った。

「はぁ……」

曽根チーフパーサーはなんと返事をしてよいのかわからないような顔をした。

「じゃあ、わたしも一緒にパンを頂きます」

語気も強く沙羅が申し出た。

「ええ？　小堀さん、ランチ食べないの？」

夏希は驚いて訊いた。

「はい、捜査を優先しなければならないと思います」

沙羅はきっぱりと言った。

「おまえはなにを言ってるんだ。小堀」

不愉快そうに加藤が言った。

「わたしは加藤さんをお助けするように命ぜられています」

沙羅は強い口調で続けた。

「いいか、小堀。おまえはこの船の乗船客だ。俺や北原とは立場が違う。この《ラ・プランセス》の料理長さんや調理スタッフの皆さんは、乗船客のためにこころを込めて人数分の昼食を用意しているんだぞ。それをフイにされたらどんな気持ちがすると思う。料理人だけじゃない、プロの仕事には敬意を払え」

静かな声で加藤は諭した。

夏希はそんな加藤を見ていて、捜査のプロだからこそ言える言葉だと敬意を抱いた。

果たして自分はそれほどの熱意でふだんの仕事をしているだろうかと内心で恥じた。

しばらく沙羅は黙って加藤の顔を見つめていた。

「すみませんでした。わたしの考え違いでした。自分の視野が狭かったと思います」

沙羅は素直に頭を下げた。

こういう素直さが沙羅のいいところだ。

「小堀はランチの場に狭間が現れないかをしっかりチェックしろ。もし狭間らしい男が飯を食いに来たら、すぐに俺に連絡するんだ」

加藤は明るい声で指示した。

「了解です。食事を済ませたらすぐに戻ってきます」

沙羅は元気な声で答え、夏希もうなずいた。

「ああ、その間に俺たちも飯を食っとくよ」

加藤は笑顔で応《こた》えた。

「パンですけどね」

北原が情けなさそうな声を出した。

「なんか文句あるのか」

加藤は北原をギロリとにらんだ。

「いえ……ありません」

北原はうつむいて肩をすぼめた。

夏希たちは船長にあいさつして、曽根チーフパーサーの先導でCデッキのレストランへ向かった。

食事は船旅の大きな楽しみのひとつだ。

夏希はひとときでも、事件のことを忘れようとしていた。

第二章　暗　転

【1】

一二時をまわった。
腹は減っていたが、佐竹管理官から外出許可が出ない。
まさか管理官よりも先に食事に行けるはずはなかった。
これなら、無理にも地取り捜査に出たほうがよかった。
加賀町署の署長はちらっと顔を出したが、いつの間にか消えていた。
連絡係の加賀町署員が小走りに管理官席に歩み寄ってメモを手渡した。
メモを見た佐竹管理官の顔が急に厳しくなった。

「なんということだ」

佐竹管理官は嘆くような声を出して立ち上がった。

「ここにいる諸君にまず伝える。現場付近の防犯カメラの解析から、捜査会議で触れた銀色の軽バンは犯人が逃走用に用いた可能性が非常に高くなった。犯人は現場にエンジンを掛けた軽バンを停めておいて、そのクルマで逃走した疑いが強い。さらに当該軽バンはナンバーから、関内《かんない》駅付近のレンタカー店で昨夜九時過ぎに貸し出されたものと判明した。捜査員が急行したところ、免許証から借主が判明した。氏名は江川《えがわ》英介《えいすけ》、四二歳の男、現住所は鎌倉《かまくら》市腰越《こしごえ》三丁目。職業は不明だ」

ちょっと言葉を切って、佐竹管理官は深刻な表情で講堂内を見まわした。

「江川の名前を照会に掛けたところA号がヒットした。そうだ、江川には前科《マエ》がある。いまから一一年前に名古屋《なごや》市内の民家に押し込んで強盗を働き、五年の懲役刑をくらっている。現時点ではこれ以上のことは判明していない。だが、江川を最有力被疑者として捜査方針を変更する。鑑取《かんど》りが重要となる。現在、外に出ている捜査員をできるだけ呼び戻して班を編成し直す。ここにいる者は交代で飯を食っておけ」

佐竹管理官は椅子に腰を掛けた。

結局、外へ聞き込みに出なくてよかった、と石田は思い直していた。

石田は近くのコンビニで弁当を買うことにして講堂を出た。

＊

Cデッキのエントランスホールの船尾側にレストランは位置していた。

ホールと統一感のあるニス塗りの壁に囲まれた室内は広く、天井にはアール・ヌーヴォー風のシャンデリアがいくつも輝いていた。

残念ながらレストランには窓がなく、海は見ることができない。

壁には南欧風の海辺や森の景色などを描いた油彩画がいくつも飾られている。

夏希にはよくわからない画家の作品ばかりだったが、どれも美しい。

ひとつだけ「ポール・アイズピリ」の名前を確認することができた。

大胆な筆致でイキイキとした明るい色使いが楽しい四〇号ほどの作品だった。

配膳《はいぜん》係の男女のスタッフは、腰までの短い白ジャケットに黒いパンツ姿だった。

テーブルのかたわらに合わせて一〇人ほどが立っていた。

驚いたことに各テーブルはすべて二人掛けとなっており、部屋ごとに座れるようになっていた。ぜんぶで八〇テーブル用意されていて、ほかの部屋の人と相席する必要はないということだ。

この船は基本的には船室単位でサービスを提供しているようだ。

当然なのかもしれないが、レストランには高齢者が多い。

なかには大学生くらいの若い女性二人連れの姿も見えた。

レストラン全体では八割ほどの乗船客が椅子に座っていた。

女性が七割ほど、男性が三割ほどだろうか。

乗船客のほとんどは日本人らしく、誰もがオシャレで贅沢《ぜいたく》な服をまとっている。

男性はジャケットを着用しているし、女性のほとんどが優雅なワンピース姿だ。なかには和装の女性もちらほら交じっている。

夏希たちのようなパンツルックはきわめて少数だった。

この船はディナータイムも含めてドレスコードはないので、夏希たちは気楽なコーデを選んできた。が、多くの乗船客はもう少しフォーマルな装いをしている。

レストランの入口で部屋番号を告げると、若いホールスタッフが奥のほうのテーブルに案内した。

案内してくれたスタッフが椅子を引き、夏希たちは布張りのクラシカルな椅子に腰を下ろした。

「お肉とお魚のお料理がございます。どちらをお選びになりますか？」

別のスタッフの男性が慇懃《いんぎん》な調子で訊《き》いてきた。

胸には船長やパーサーと同じような真鍮《しんちゅう》のバッジをつけている。「サービススタッフ手島繁也《てじましげや》」とあった。

二〇代半ばの素朴にも見える逆三角形の顔立ちを持つ手島は、どこか緊張しているように感じた。この仕事にあまり慣れていないのかもしれない。

赤系のテーブルクロスの上には、肉と魚介のコースメニューとドリンクリストのファイルが置かれていた。

結局、夏希も沙羅も今日は伊勢エビのテルミドールを頼むことにした。

「お飲み物はどうなさいますか」

重ねて手島は訊いた。

夏希はドリンクリストを手にした。

グラスワインやソフトドリンクはフリーと書いてある。

ボトルワインはなかなかの高額となっているが、高級銘柄のワインばかりだ。

白のグラスワインは《コルトー・ミシュレ》というプティ・シャブリだった。

夏希としてはこのクラスでじゅうぶんだ。せっかくフリーなので頼むことにした。

もちろん食事を美味《おい》しく楽しむためで、酔わないように一杯しか飲むつもりはなかった。

沙羅はペリエライムを注文した。

「少し飲めばいいのに」

手島が立ち去った後で夏希は沙羅に言った。

「仕事中ですもの」

まじめな顔で沙羅は答えた。

「そう……無理強いはできないものね」

気の毒に思いつつも、夏希は一杯だけはあきらめられなかった。

二列ほどのテーブルを隔てて目の前には小さなステージがある。左手に小ぶりなグランドピアノ、奥にドラムセット、右手にウッドベースが置いてあった。何本かのマイクもスタンドにセットしてあった。

現在は海を感じさせるかるいボサノヴァのBGMが流されているが、ランチタイムライブがあるのかもしれない。夏希は期待に胸をふくらませた。

ステージの照明がパッと点灯した。

右袖《そで》から中央に若林船長が現れた。

「本日は《ラ・プランセス》にご乗船頂き、まことにありがとうございます。船長の若林でございます。本船では四五名のクルーが、お客さまの素晴らしい思い出を作るお手伝いをさせて頂きたいとこころより願っております。どうか皆さま、最高の時間をお楽しみください」

若林船長が一礼すると、大きな拍手がレストランに満ちあふれた。

照明はふたたび落とされた。

女性スタッフによってワインとペリエがテーブルに置かれた。すぐ後ろに続く手島が押すワゴンで前菜が運ばれてきた。

きのこのテリーヌとパテ・ド・カンパーニュに、野菜サラダやキャロットラペが添えてある。

色とりどりのオードブルは、マイセンらしき高級磁器の皿に盛り付けてあって見た目も美しい。

「さ、乾杯しようよ」

夏希はグラスを手に取った。

「はい、まずは乾杯ですね」

沙羅はペリエを注いだグラスを顔の前に掲げた。

夏希はゆっくりとワインを口に含んだ。

さっぱりとした辛口のシャブリが舌に心地よい。

まわりのテーブルからぱらぱらと拍手が湧いた。

いつの間にかステージ照明が輝き、スピーカーからのBGMは止んでいた。

やはりライブがあるのだ。夏希は胸を弾ませた。

舞台の左袖からタキシードを着たふたりの男がゆっくりと入ってきた。

三〇代初めくらいの小柄な男性がドラムセットのスツールに腰を掛け、五〇代くらいの長身の男性がウッドベースを抱え上げてスタンバイの姿勢に入った。

左袖からバーガンディー色のドレスを身につけた女性が姿を現した。

レストラン内にさっきより大きな拍手が沸き起こった。

ロングヘアの目鼻立ちのくっきりとした……エッジの効いた美女だ。年頃は夏希と同じくらいだろうか。

女性は客席に向かって優雅に頭を下げるとピアノの前に座った。

ミュージシャンたちはささっと目を合わせてアイコンタクトをとった。

ドラマーがスティック同士を叩《たた》いてカウントを取る。

ピアノが印象的でメロディアスなイントロを奏で始めた。

ドラムとベースが静かに追随する。

始まったのはアントニオ・カルロス・ジョビンの『ウェイブ』だ。夏希が大好きなボサノヴァの名曲である。

ゆったりとした午後の船旅になんと似つかわしい曲だろう。

ピアノを弾きながら、女性が芯《しん》のある艶《つや》やかな声で歌い始めた。

歌詞は聞き慣れたポルトガル語ではなく、英語だった。「瞳《ひとみ》を閉じてごらん。大切なことに気づくはずだ」という意味を持つ冒頭を思い入れ深い調子で歌っている。

いくらかハスキーなよく通る歌声は輪郭がはっきりしていて、ボサノヴァよりもジャズが似合いそうだ。

ひととき事件のことを忘れて、夏希は静かなくつろぎを感じていた。

沙羅がどんな気持ちでいるのかはわからない。

彼女は目をつむっておだやかな表情で音楽に聴き入っている。

さらにひとくちワインを飲んで、夏希はパテ・ド・カンパーニュにナイフを入れた。

数あるシャルキュトリーのなかでも夏希の大好きな一品だった。

「美味しい！」

夏希は思わず、ちいさく喜びの声を上げた。

豚のひき肉はジューシーで、鶏《とり》レバーの旨《うま》みとよく溶け合っていて臭みは少しも感じない。

ステージではあたたかみのあるベースのソロが終わり、曲は終盤にさしかかっていた。

ヴォーカルは「淋《さび》しさはなくなる。いつだって僕と一緒ならば」とやさしく歌い収めた。

こんなに素敵な音楽を船の上で聴ける幸せを夏希は噛《か》みしめていた。

ご機嫌なランチタイムとなった。

「ゲストの皆さま、こんにちは。《ラ・プランセス》にようこそ。最高の船旅をお楽しみ頂いているでしょうか。ジャズシンガーの牧村《まきむら》真亜也《まあや》です。ランチタイムに世界の素敵な音楽をお届けしたいと思います」

張りのある声で真亜也は自己紹介をした。

あたたかい拍手が彼女の言葉を包んだ。

「最初の歌は、今日のおだやかな海の波を祝してボサノヴァの名曲『ウェイブ』をお送りしました。次の曲はスタンダードナンバーとして知られる『ブルー・スカイ』です。今日の素晴らしい青空に捧《ささ》げます」

真亜也がピアノに向かう姿勢を取ると、またも拍手が響いた。

クローズド・ハイハットのカウントに続いて、バスドラムが心地よいリズムを刻み始める。

ミドルテンポのピアノからスタートした曲はアップテンポへと変わった。

明るいメインテーマを真亜也は輝かしい声で歌い始めた。

スタンダードナンバー中のスタンダードナンバーだ。ビング・クロスビー、フランク・シナトラ、ドリス・デイ、エラ・フィッツジェラルド、ウィリー・ネルソンなどたくさんの歌手がカバーしてきた。

ドラムとベースがご機嫌な4ビートで盛り上がるなか、真亜也の歌声が明るく響く。

続けてピアノのソロが始まった。

弾むタッチの明るい音色が夏希のこころを弾ませるのだった。

＊

通りを挟んで向こう側には横浜中華街の名店が並んでいる。それなのに、石田はコンビニの鶏竜田《たつた》揚《あ》げ弁当を講堂の隅でもそもそと食べた。

ゴミを捨ててきた石田は自分の席に戻った。

講堂内には一〇人以上の捜査員が戻ってきていた。

佐竹管理官は腹が減らないのか、加賀町署から支給された幹部用の弁当にも手をつけていない。

むすっとした表情で管理官席に座っている。

連絡係の制服警官が駆け寄ってきて耳打ちすると、佐竹管理官は目の前の電話を取った。

見る見る厳しい顔つきになってゆく。

「佐竹だ……おい、それは本当なのか」

佐竹管理官は受話器に向かって声を張り上げた。

電話の相手はなにか喋《しゃべ》り続けている。

「わかった……水上署にこちらから捜査員を向かわせる」

佐竹管理官は眉《まゆ》をピクピクさせて受話器を置いた。

「みんな聞いてくれ」

立ち上がった佐竹管理官のこわばった声が響いた。

その顔つきから石田はただならぬ気配を感じた。

「江川英介が犯行に使ったと見られる軽バンのレンタカーが見つかった。場所は……」

佐竹管理官は講堂内を見まわして言葉を継いだ。

「大さん橋の駐車場だ」

講堂内にざわめきがひろがった。

「ちなみに乗り捨てられていたクルマを発見したのは、横浜水上警察署交通地域課の者だ。連絡した江川のクルマの特徴やナンバーを覚えていたらしい。パトロールした際に気づいたそうだ」

佐竹管理官の声は暗かった。

「質問してよろしいでしょうか？」

自席で久米係長が手を上げた。

「どうぞ」

ぶっきらぼうな調子で佐竹管理官は答えた。

「わたしも現地を知っておりますが、県道の交差点から駐車場までは四〇〇メートル以上の距離があるはずです。大さん橋の駐車場にクルマを乗り捨てたということは、江川は停泊していたなにかの船に乗り込んだ可能性があるということでしょうか」

いくらかかすれた声で久米係長は訊《き》いた。

同じ不安を石田も抱えていた。

「断定はできない。だが、その可能性はきわめて高いと考えられる。誰か、今朝の九時以降、大さん橋から出航した船について管理者に確認してくれ」

佐竹管理官は講堂中に響き渡る声で指示した。

「了解です。自分が電話します」

制服姿の連絡係のひとりが電話に走った。

連絡係はすぐに佐竹管理官のほうを向いて大声で告げた。

「本日の午前中、大さん橋からは商船タカシマの《ラ・プランセス》一隻だけが一〇時半に出航しているとのことです」

「そうか……《ラ・プランセス》だけか」

佐竹は低い声で言った。

「江の島の傷害事件の狭間が乗りこみ、加藤たちも乗船している客船ですね」

久米係長は目を瞬《しばたた》いた。

「いまさら言うまでもないだろう」

佐竹管理官は素っ気なく答えた。

「もし、江川が本当に乗り込んでいたとしたら、狭間と江川との間になんらかのつながりがある可能性があるのでしょうか」

不安げな声で久米係長は訊いた。

「そのおそれはじゅうぶんにあると考えるべきだろう」

重々しい声で佐竹管理官は答えた。

「しかし、船内で強盗などをやっても逃げる場所はないです。寄港地で身柄を確保できますよ」

久米係長は首をひねった。

「たしかにその通りだ。だから、なんの意図かははっきりしない。あるいは追い詰められて逃げる先として船を選んだのかもしれない」

佐竹管理官は自分の言葉をあまり信じていないようだった。

だいいちチケットがなければ、乗船できないはずだ。

「それはあり得ますね」

だが、久米係長は納得しているようだ。

「とにかく、現時点では江川が《ラ・プランセス》に乗ったのかどうかを確認するのが最優先だ。久米さん、捜一から二名ほど大さん橋駐車場に急行する者を選んでくれ。防犯カメラが四〇〇台分の駐車車両を捉《とら》えている。まずは映像解析して、本当に江川自身がそこでクルマから下りたのかを確認する必要がある。さらに、水上署と連絡を取って船に乗り込む人間を捉えている防犯カメラがないか確認するんだ」

佐竹管理官はテキパキと指示した。

「了解しました。大館《おおだて》と渡辺《わたなべ》、おまえら行くんだ。至急だぞっ」

久米係長は頭を下げると、声を張った。

石田より先輩のふたりの巡査部長が指名された。

二人はあわてて講堂を飛び出していった。

「加藤、北原、小堀の三人。それから真田にも伝えなければならない……」

佐竹管理官はつぶやいてから、石田の顔を見た。

「おい、石田っ」

佐竹管理官は怒鳴るように叫んだ。

「はいっ」

飛び上がらんばかりに石田は答えた。

「おまえ、小堀と加藤に連絡とれ。今朝の太田町銃砲店のマル ヒである江川英介が《ラ・プランセス》に乗り込んでいるおそれがある。じゅうぶんに警戒するようにとな」

厳しい声で佐竹管理官は指示した。

「ただちにっ！」

石田はスマホを取り出して、まずは沙羅の番号に電話した。

だが、沙羅の電話には連絡がつかなかった。もう電波が届かないのかと思いながら、石田は加藤の電話番号を探し出して電話した。

「はい、加藤」

いつもの通り不機嫌そうな加藤の声が聞こえて、石田はホッとした。

ただ、声が途切れがちだ。電波状態はよくないようだ。

「石田です、加藤さんは船の上なんですよね。お疲れさまです」

「ああ、狭間って傷害犯を追っている」

安定の無愛想な声が返ってきた。

しばらく会っていない加藤の声が妙になつかしかった。

「佐竹管理官から聞きました」

「だから、なんの用だ」

「実は今朝九時半頃、中区太田町の銃砲店に強盗が入って、店主を負傷させるという事件が発生しました……」

「その事件については小堀から聞いている」

加藤は石田の言葉にかぶせるように言った。

「小堀さんとは無事に合流できたんですね」

彼らが乗っている客船がどの程度の大きさか知らないのだが、まずはひと安心だ。

「ああ、真田とも会えた。あいつら、いまレストランで飯食ってるぞ」

さらりと加藤はかなりうらやましいことを口にした。

「ちくしょう。豪華客船だから、美味《うま》いもん食ってるんでしょうね。俺の昼飯なんてコンビニの鶏《とり》竜田揚げ弁当ですよ。中華街のなかにいるようなもんなのに」

嘆き口調で石田は言った。

「おまえ、そんな話するために、海の向こうから電話してきてるのか」

耳もとで加藤のあきれ声が響いた。

「あ、すいません。強盗致傷犯は江川英介という四二歳の男で、強盗の前科《マエ》持ちです」

あわてて石田は本題に入った。

「なるほど、江川って野郎は強盗は初めてじゃないんだな」

「ええ、それで……ここから重要なところなんですが、江川が犯行時に逃走に利用したレンタカーが大さん橋駐車場に乗り捨ててあったんです。今日の午前中、大さん橋から出航した船は、加藤さんたちが乗っている《ラ・プランセス》しかありません」

石田は言葉に力を込めた。

「つまり、その江川って野郎はこの船に乗ってるってことか」

加藤の声が厳しく変わった。

「はい、佐竹管理官もそうお考えのようです」

「わかった。江川の人着《ニンチャク》はわかっているのか」

人着とは人相・着衣のことを指す警察用語だ。

「いまわかっているのは犯歴データと免許証の写真だけですね。あとで送ります」

「頼む。ただ、電波状態がよくない」

加藤は渋い声で言った。

「さっきも小堀さんに電話したんですが、通じませんでした」

ときどき音が途切れるが、加藤には通じている。

「いま俺は、上のほうの船長室に間借りさせてもらっている。小堀たちは三層下のデッキにあるレストランにいるから電波が入りにくいのかもしれない。小堀と真田は食事が済んだらここに来るはずだ。そのときに伝える」

落ち着いた加藤の声に、石田はいつも安心感を覚えるのだった。

「よろしくお願いします」

電話を切った石田は、加藤の力でなんとかなると確信していた。

【2】

メインディッシュの伊勢エビのテルミドールは抜群だった。

旬は来月くらいからだが、ワインソースで煮込んだ身はぷりっとして締まっていた。鮮度も高く、臭みはもちろんえぐみも少しも感じられなかった。

ほどよい酸味のきいたソースとからんで、旨《うま》みが口のなかに溶け出してゆく。

グラスワインは残り三分の一くらいだが、夏希は必死でガマンした。

酔うことが許される状況でないのはわかっている。

ステージでは五曲目の演奏が始まっていた。

曲は『Someone To Watch Over Me』……かのジョージ・ガーシュインが、一九二〇年代にミュージカルのために書き下ろした曲だ。たくさんのミュージシャンに歌い継がれて、現代ではスタンダードナンバーとなっている。

ゆったりとしたリリカルなメロディーを、真亜也は情感たっぷりにあたたかく歌い上げる。

美味《おい》しい料理と素晴らしい音楽は、夏希をなによりもいやしてくれるものだ。

しかも、食後には潮風を浴びることもできる。

夏希の全身を澄んだ喜びが包んだ。

ただ一点の不安を除いては……。

そのときである。

突如、左袖《そで》からふたつの影が走り出てきた。

白いドレスシャツを着た男が、黒い棒状のものを左右の手で持っている。

長い銃身をもった猟銃だ。

夏希の身体は凍った。

もうひとりの紺ブレザーの男は左袖の近くで拳銃《けんじゅう》らしきものを構えた。

真亜也の歌声が途切れ、ピアノもドラムスも音を止めた。ベースの一弦がびょーんと鳴って止まった。

「きゃあ」

「なんだっ」

レストラン内は騒然となった。

ふたりの男は左袖から二手に分かれた。

長い銃を持った男がステージの中央に立って、客席に銃身を向けた。

「騒ぐなっ」

男は激しい声で怒鳴った。

一瞬で場内は静まりかえった。

夏希の背中もこわばった。

「静かにしないと、死ぬことになるぞ」

凄《すご》みのある声で男は恫喝《どうかつ》した。

もう一人の紺ブレザー男は身を硬くしている真亜也の背後に立った。

男は黙ったまま、真亜也の後頭部に銃口を当てた。

「う、撃たないで……」

ヴォーカルマイクを通して、真亜也の引きつった声が響いた。

「あ……」

夏希の目は釘付《くぎづ》けになった。

ブレザー姿のこの男は、加藤から見せてもらった写真の狭間秀一に間違いない。

「へへへ、一緒に来てもらうぜ」

男は下卑た笑いを浮かべた。

「い、嫌っ」

真亜也はすくみ上がって震えている。

「早く立てっ」

いらだった声で怒鳴ると、男はピアノ椅子を蹴《け》った。

両手を挙げて、真亜也はよろよろと立ち上がった。

猟銃を構えている白シャツ姿の男は何者か。

沙羅がスマホを手にしてひそかに男の写真を撮った。

「動くんじゃねえっ」

次の瞬間。

白シャツ男の銃身が天井に向けられた。

バシュッ。

乾いた音が響いた。

「ひーっ」

叫び声が聞こえた。

夏希は一瞬だけ、天井へ視線を移した。

二基のシャンデリアの間の白い天井板から煙が出ている。

「おい、おまえ。外国人の女だ。死にたいのか」
耳が痛くなるほどの声で白シャツ男は怒鳴った。
さっと銃口を夏希と沙羅が座るあたりに向けた。
いま引き金を引かれれば、夏希も沙羅も吹っ飛ばされるだろう。
夏希は歯を食いしばった。
カウントできないほどに、鼓動が速まっている。
「撃たないでください」
沙羅は冷静な声でスマホを床に捨てると、静かに両手を挙げた。
いまの発砲で、男が持っている銃がフェイクではないことがはっきりした。
散弾銃ではないようだが、殺傷能力を持つことは間違いない。
「おいっ、その女をステージに連れてこいっ」
白シャツ男が叫んだ。
声の向かったあたりをちらっと見た夏希は啞然《あぜん》とした。
近くの通路で身を低くしていた男が立ち上がった。
夏希たちに飲み物や料理を運んできたサービススタッフの手島だった。
なんということだ。

暴漢の一味は、この船のスタッフのなかにも潜んでいたのだ。

手島は沙羅の横に立って胸のあたりに拳銃を突きつけた。

「ステージまで来るんだ」

強い声で白シャツ男は命じた。

「わかりました」

沙羅はうなずいて立ち上がった。

手島に背中に銃口を当てられたまま、沙羅はステージに上がらせられた。

「いいか、乗船客の連中も船のクルーも、どこかに連絡を取ろうとしたらすぐに撃ち殺す。あとからわかっても同じだ。俺たちはテレビやラジオなどのマスメディアもチェックしている。もし報道があったら、チクったやつがいることになる。そんなときはひとりずつ血祭りに上げてやるからな。全員、スマホやタブレットをテーブルに置け」

ステージの中央で、白シャツ姿の猟銃男が凄みをきかせた。

まわりでスマホをテーブルの上に置く音が次々に響いた。

仕方なく夏希もスマホを取り出してテーブルに置いた。

そっと周囲を見まわした夏希は、あっけにとられた。

なんと手島のほかにも三人のサービススタッフが、拳銃を手に立っている。

暴漢一味はこれで六人だ。

チーフパーサーの曽根が、両手を挙げて震えている姿も目に入った。

「おい、船長、おまえもここに上がってくるんだ」

白シャツ姿の男はレストランの後方に向かって叫んだ。

しばらくすると両手を挙げた若林船長がステージに上がってきた。

冷静なその表情に夏希は驚いた。

さすがに海の男だ。肝が据わっている。

「この歌手の女と、ふざけた外国人の女、それからおまえを人質にする。ちょっとでも妙なマネをしたらすぐに殺すからな」

白シャツ男は激しい口調で脅しつけた。

男は沙羅を日本人とは認識していないようだ。

「わかりました。言うことを聞きますから皆さんに危害を加えないでください」

若林船長は毅然《きぜん》として答えた。

「おとなしくしていれば大丈夫だ。船長命令を出せ。乗船客もクルーとスタッフも全員、自分の部屋に戻ってそこから出るなとな。早くやれ、ふふふふふ」

男は愉快そうに笑った。

「乗客の皆さまと本船の船員と従業員の全員にお願いします。それぞれ自室に戻って静かにすごしてください。部屋からは出ないでください」

若林船長は静かな声で命令を下した。

「各デッキでは俺たちの仲間がそれぞれ拳銃《けんじゅう》を持って見はっている。部屋から出たらただちに射殺する。無線、携帯を問わず、どんな手段でも外部との連絡をとるな。連絡が発覚したら、そいつは蜂の巣にして海に沈めてやる」

レストラン全体に響き渡るような大声で白シャツ男はがなった。

「それからな、船長。無線室はすでに仲間によって占拠した。通信士も人質になっている。無駄なことを考えるなよ」

白シャツ男は船長を脅しつけた。

「わたしは、乗船客の皆さまとクルーの安全以外に願うことはありません。皆さんを危険にさらすようなことは絶対にしません」

気丈な声で落ち着いて話す若林船長に、夏希は畏敬《いけい》の念を抱いた。

「絶対に妙なマネはするなよ。あんたにはブリッジで操船指揮を執ってもらう。さぁ、来るんだ」

若林船長は白シャツ姿の男に追い立てられて、ステージ左袖《そで》に消えた。
手島は沙羅を、狭間は真亜也を追い立てて四人は消えていった。
夏希にはどうすることもできない。
もしここに加藤がいてくれたら……。
加藤は船長室にいる。まだ、この騒ぎを知らない可能性も高い。
「出口側のテーブルから、順番に自分の部屋に戻れ」
残った三人のうちのひとりの若い丸顔の男が拳銃を手にして叫んでいる。
身体を縮こまらせていた乗船客たちは、少しずつ顔を上げ始めた。
誰もがまわりを見まわしてようすをうかがっている。
「早く部屋に戻れっ」
容赦ない怒声に乗船客たちは、はじかれたように席を立って出口を目指した。
誰もが青白い顔で身体を震わせている。
夏希も仕方なくBデッキの自室を目指して歩き始めた。
「おい、おまえっ、そこの女っ」
叫んでいた男が、ズカズカと夏希に歩み寄って拳銃を突きつけた。
夏希の全身は、板のようにこわばっていた。

呼び止めた男の胸のバッジには「日比野清《ひびのきよし》」とある。

「おまえ、何者だ？」

激しい声で男は訊《き》いた。

「は？」

相手の質問の意味がわかりかねて、夏希はとぼけた声を出した。

「人質にした外国人の女とどういう関係だ？」

男はきつい目つきで夏希をにらんだ。

ここで警察官の身分を明かすことはできない。

場合によっては沙羅の身を危険にさらすことになる。

「あの……わたしは彼女のマネージャーです」

口からでまかせに夏希は答えた。

「マネージャーだと？」

裏返った声で男は訊いた。

「はい、彼女はサラ・グレースというファッションモデルです」

一度ウソをつくと後から次のウソも出てくるのだなと思って、夏希は内心で驚いた。

「そうか、あの女はモデルなのか」

男は納得したような声でうなずいた。

「メジャーな雑誌にもよく出ていますよ。知らないんですか」

デタラメを信じ込ませたくて、夏希は言葉を続けた。

「余計なことは言わなくていい。さっさと行けっ」

拳銃の筒先を上下に振って男は叫んだ。

「わかりました」

夏希は素直に頭を下げた。

ゆっくりとその場を立ち去りながら、自分の背中に滝のように汗が流れ落ちるのを感じていた。

「危ないところでしたね」

ビクッとして振り返ると、出航時に話しかけてきた大沢が後に続いていた。

大沢の後ろを歩く人の数は少ない。

「さ、早く」

大沢はささやくような声で促した。

夏希は黙ってうなずくと階段を目指して足早に進んだ。

背後で扉を閉める大きな音が響いた。

レストランとエントランスホールの境の扉が閉じられたのだ。

レストランにいたすべての乗船客が退出したのだろう。

階段をゆっくりと上がってゆくと、Bデッキの廊下の端に青色の作業服を身につけた男が立っていた。

厳しい顔つきのこの男も、拳銃を手にしていた。

男は黙ったまま、早く部屋に戻れとばかりに拳銃を横に振った。

なるべくその男と目を合わせないようにして、夏希は廊下を船尾方向に早足で進んだ。

後ろを振り向く余裕はなかった。

自室のB－37前まで来て、夏希は自分の身体が小刻みに震えていることに気づいた。

やはり、強い恐怖に襲われていたのだろう。

ポケットから金色の鍵《かぎ》を取り出してなんとかドアを開け、倒れ込むように部屋に入った。

その瞬間、ソファに二人の男の影が見えた。

「加藤さん！」

思わず夏希は叫び声を上げた。

「デカい声を出すな」

眉間《みけん》にしわを寄せて加藤はたしなめた。

夏希はハッとして口をつぐんだ。

加藤と北原は立ち上がって夏希を見た。

「事情は船員さんから聞きました。よかったです。真田さんが無事で」

潤んだ声で北原は言った。

手振りで加藤は、夏希に座るように指示した。

夏希は北原の隣に座った。

「小堀さんが、小堀さんが」

夏希はうわごとのような声しか出なかった。

「知っている。レストランから拉致《らち》されたんだな」

向かい合った加藤は、落ち着いた声で答えた。

「そうです、小堀さんは犯人の写真を撮ったために銃を突きつけられて連れてゆかれました。そのときに犯人のひとりが、威嚇のために猟銃を一発、天井に発射しています。あの銃はフェイクなどではありません。早く助けに行かなくちゃ」

震え声で夏希は訴えた。

「いまは耐えろ。まだ、そのときじゃない」

加藤の目は厳しかった。

「小堀さんが人質になっているんですよ。もし彼女の身になにかあったらどうするんですか」

夏希は加藤に食ってかかった。

「いまは犯人たちも気合いが入っている。集中力もしっかりしているはずだ。いま俺たちが素手で乗り込んでも、犠牲が出るおそれがある。俺にとっては小堀も大切だが、真田も北原も大切だ。二人にケガをさせるわけにはいかない」

きっぱりと加藤は言った。

「カトチョウ……」

北原は声を震わせた。

「ありがたいお言葉ですが、わたしはいても立ってもいられない気持ちなんです」

加藤の気持ちは嬉《うれ》しかったが、夏希は沙羅のことが心配でならなかった。

「あんまり心配するな。犯人たちはすぐに人質を害するようなことはない」

加藤は諭すような声を出した。

「どうしてですか？」

夏希は加藤の目を見て訊いた。

「人質を失えば、ヤッらはおしまいだからだ。人質がいなければ警察や海保の急襲部隊がヤッらを確保する。だが人質に銃を突きつけられている状況では、我々は慎重にならざるを得ない」

静かな声で迷いなく加藤は答えた。

加藤の頼もしい声を聞いているうちに、夏希は徐々に落ち着いてきた。

「わかりました。チャンスを待ちます」

ようやく夏希は平静な声で答えることができた。

「そうだ、チャンスは必ずやってくる。俺は見逃さないよ」

加藤はしっかりとうなずいた。

「犯人の内の一名は、加藤さんたちが追っていた狭間秀一だと思います。拳銃《けんじゅう》を突きつけて歌手の牧村真亜也さんを連れ去った男です」

肝心なことを夏希は伝えた。

「やはりそうだったんだな。もう少し早く捕まえることができていればな……しかし、どこに潜り込んでいたものか。共用スペースにはいなかったし、Dデッキのクルー居住区も曽根チーフパーサーたちがチェックしてくれたはずだ」

首をひねってから、加藤はハッと気づいたように口を開いた。

「待てよ……クルー居住区は曽根さんと三人の者で手分けしてチェックしたと言っていた。だが、その三人の内に犯人一味の者が交ざっていたんだとしたら……くそっ、狭間はクルー居住区に隠れていたのか」

加藤は歯嚙《はが》みした。

「そうなんです。ホールスタッフの手島繁也は一味のひとりです。ほかに三名のホールスタッフが乗船客に拳銃を向けていました」

「うん、パーサーの八代尚美さんから教えてもらった。まさかクルーのなかに一味の者がいるとは考えもしなかった」

頭を横に振って加藤は悔しがった。

夏希としては加藤の手落ちとは思えなかった。手島が拳銃を手にしたあのときまで、クルーのなかに犯人一味が潜んでいるとは夏希も夢にも思わなかった。

「犯人はいったい何人いるんでしょうか」

北原の問いは夏希が感じていることと一緒だった。

「うーん、わからん。だが、少なくともレストランには六人いたわけだ。さらに各デッキに見張り役を立てているそうだな」

加藤の言葉に夏希はうなずいて口を開いた。

「わたし、ここに来る途中で、このデッキの廊下で拳銃を手にしている見張り役の男をひとり見かけました。青い作業服を着ている若い男でした」

夏希の言葉に加藤はうなずいた。

「そうか、その作業服は清掃スタッフのものだ。おそらくは派遣社員とか外部委託だろう。そういうところには正体不明の人間が入り込みやすいからな。敵は一〇人以上いるな。おそらく全員が拳銃を持っているのだろう。リーダーは猟銃男なのか」

考え深げに加藤は言った。

「あの男は猟銃を実際に撃ってわたしたちを脅しました。四〇歳くらいで、レストランにいた人々にいろいろ命令していましたから、おそらくリーダーはあの男です」

「おそらくそいつは江川英介だ。今朝の太田町の強盗事件のマルヒだよ」

加藤は眉間にしわを刻んだ。

「本当ですか」

夏希は驚きの声を上げた。

「ああ、石田から江川がこの船に乗り込んだ可能性が高いと連絡があった。確認したいが、石田が送ると言ってた免許証の写真データが来ていない」

加藤はスマホを覗《のぞ》き込んだ。

「ちくしょうアンテナが立ってない。このあたりじゃもう無理か。真田は？」

「わたしは犯人の命令でスマホをレストランに置いてきました」

あのときはほかに選択肢はなかった。

「北原はどうだ？」

「僕のもダメですね」

スマホの画面を覗きながらも北原はちいさく首を横に振った。

「そうか。ヤツらが乗客やクルーのスマホを躍起になって集めないのも、すぐに圏外の海域に出ることを知っていたからだろう。いまの事態を本部に報告することも無理そうだな。俺たちも乗客もクルーも、陸地からは完全に孤立してしまったわけだ」

暗い声で加藤は言った。

「ところで、猟銃から発射されたのは散弾銃の弾ではありませんでした」

あれが江川なら、七五発の散弾銃の実包を持っているはずだ。

「ライフルか……。猟銃男が江川だとすれば、ヤツはやはり散弾銃は持っていないんだろうな」

加藤は低い声で言った。

「カトチョウ……」

北原が加藤の顔を見て声を発した。

「なんだ」

「ヤツらはいったい、なにを目的としているんでしょうね」

「俺もずっと考えている。シージャックなどを企てるのは大ごとだからな」

厳しい顔つきで加藤は腕を組んだ。

「リーダーの男は若林船長に『ブリッジで操船指揮を執ってもらう』と言っていました。どこかを目指していることは間違いありません」

夏希はきっぱりと言った。

「なにを目的に、どこへ行こうとしているのか。この船がどれくらいの燃料を積んでいるのかは素人の俺にはわからない。だが、せいぜい沖縄本島か宮古島までの片道分くらいだろう。どちらに船を着けても沖縄県警が待ち受けることになるに違いない。仮にいま現在は陸では誰も異状に気づいていないにしても、いずれは発覚する。本社などに定時連絡などを入れることになっているだろうし、神戸に寄港しなければ大騒ぎになるのは目に見えている。犯人たちの目的がわからない」

加藤は鼻から息を吐いた。

夏希にも皆目見当がつかなかった。

しばらく三人とも黙って考えていた。

だが、夏希にはやはり犯人の意図が摑《つか》めなかった。

「ところで、加藤さんたちは、どうしてここにいるんですか」

夏希は不思議に思っていたことを訊《き》いた。

「すべては八代さんのおかげだ。俺たちが船長室にいると、八代さんがレストランで起きた事件のことを教えに来てくれたんだ。彼女は騒ぎに感づいてエントランスホールの受付カウンターからレストランに近づき、すべての状況を把握した。すぐに自分のスマホで本社に電話を掛けたが、電波状態が悪くて連絡できなかった。犯人たちはブリッジ、つまり操舵《そうだ》室にいるようだが、すぐ下の船長室も占拠されると八代さんは考えたんだ。そこで、俺たちを船長室から逃がそうとした。一般船室がいちばん安全とみて八代さんは俺たちをここに案内してくれた。そのときにこの部屋のスペアキーも借りたんだ。彼女は立派なクルーだ」

手放しで加藤は尚美を賞賛した。

「八代さんってすごいですね。彼女自身も怖かったでしょうに」

夏希は自分を襲った恐怖を思い出していた。

「幸いにも、各デッキの見張りはまだすべては配置についてなかったから、彼女は自由に動けたと言っていた」

「彼女を尊敬します」

おだやかそうに見える尚美の強い意志の力に、夏希はあらためて感嘆した。

「ああ、県警にスカウトしたいくらいだ」

まじめな顔で加藤はつぶやいた。

船室内のスピーカーから雑音が聞こえた。

「船長の若林です。お客さまにお願い申しあげます。決して部屋の外に出ないでください。クルーの皆さんにもお願いします。現在、航行に必要な人員は足りております。トイレ以外に部屋から出ないでください。居住区から外に出ないこと。さらに外部には絶対に連絡をとらないように。以上、どうかよろしくお願いします」

若林船長のこわばった声が響いて船内放送は終わった。

夏希は緊張したが、加藤の顔は明るくなった。

「いまの放送から、船長はもとより小堀と牧村さんも無事なことが推察される」

加藤は頼もしい声で言った。

「なぜですか」

夏希は急《せ》き込むように訊いた。

「もし、小堀たちになにかあったら、若林船長はあんな声で放送できるものか。まともな声が出せるわけがない。次に被害に遭うのは自分であるだろうと恐怖で震え上がってしまうだろう。あの声はなにも起きていないことをはっきり示している」

自信たっぷりな加藤の声だった。

夏希はほっと息をついた。

とは言え、沙羅のことが心配でならなかった。

いったい、彼女はどこに拘束されているのだろうか。

加藤の言う「チャンス」が早く訪れることを強く願っていた。

【3】

講堂の時計の針が一時半を回ろうとしていた。

まもなく緊急の捜査会議が開かれる。

外へ出ていた捜査員はほとんどが戻ってきていた。

スマホ片手に石田は焦っていた。加藤の電話に掛けたが圏外に出てしまったらしい。

何度掛けてもつながらない。江川の写真データを送ってみたが、届いていないおそれは強い。夏希や沙羅の電話も圏外だ。沖合に出た《ラ・プランセス》との通信手段は絶たれてしまったのか。

急に廊下が騒がしくなった。

なにごとだろうと音のする方向に視線を移した石田は驚いた。

スーツ姿の捜査員が何人か入ってくる。福島《ふくしま》一課長も交じっていた。

さらに福島一課長の隣にいるのは、サイバー特捜隊長の織田信和《のぶかず》だった。

いつもと同じように警察官僚らしくないオリーブ系のスーツで、少し長い髪の織田は現れた。なぜ、織田がここにやってきたのだろう。

入室した捜査員は十数名を超えていた。

佐竹管理官もあっけにとられている。

講堂にいた捜査員たちはいっせいに立ち上がった。

福島一課長が佐竹管理官に歩み寄ってちいさな声でしばらくなにか喋《しゃべ》っていた。

「そんな……」

佐竹管理官は福島一課長の顔を見ながらうなり声を上げた。

幹部たちは次々に講堂前方の幹部席に座った。

制服姿の加賀町署の署長も着席した。

捜査員は二〇名ほども増えた。この人数では椅子が足りない。

「事態が急変し、本捜査本部を拡大することになった。詳しくは福島捜査一課長がお話しくださるそうだ」

佐竹管理官は立ったままで話を福島一課長に振った。

「想定外の事態が発生した。それを説明する前に、本捜査本部の本部長をお務めになる織田信和刑事部長からごあいさつを頂こう」

おだやかな声で福島一課長が口にした言葉に、石田は耳を疑った。

石田は大きな衝撃を受けていた。

織田が刑事部長だって？

黒田《くろだ》刑事部長が異動する噂は聞いていたが、後任については誰も知らなかった。

階級は大きく違っていても、織田は仲間に近い存在だった。

だが、刑事部長となると、自分のはるか上のトップということになってしまう。

いままでのように面と向かって口をきいていいものだろうか。

まぁ、それが本来のお互いの立場なのだが……。

当の織田はきわめて平静な表情を保っていた。

もともとその席に座っていたかのような顔つきで織田は立ち上がった。

「席のある人は座ってください」

おだやかな声で織田が言うと、捜査員の三分の二ほどが着席した。

石田も席についた。

「お疲れさまです。警察庁から本日一〇月一日付で異動し、神奈川県警刑事部長を拝命した織田信和です。いままでも神奈川県警の捜査本部にアドバイザーとして何度も参加していますが、今日からは刑事部の皆さんと一緒に事件を解決するために力を尽くして参ります。今回、わたしたちには重大な責務が課せられることになりました。詳しくは福島捜査一課長から話してもらいましょう」

言葉を終えると、織田はゆっくり着席した。

講堂内の全員がぽかんとした顔をしているような気がした。

刑事部長は石田たち本部刑事部の人間はもちろん、各所轄刑事課の捜査員にとってもトップである。そのトップがこんなやわらかい訓示というかあいさつをすることが信じられなかった者が少なくないのだろう。

「織田刑事部長、今後ともどうぞよろしくお願いします」

立ち上がった福島一課長は織田に向かってきちんと頭を下げた。

「こちらこそ、よろしくお願いします」

織田はやわらかい笑みを浮かべてうなずいた。

「さて……現時点で我々が立ち向かうべき状況について話す。本日一〇時三〇分に大さん橋を出航した船がある。《ラ・プランセス》という名で三〇〇〇トン級と小ぶりだが、外国航路の実績もある豪華なクルーズ船だ。乗船客はわずかに一六〇名に過ぎないが、乗組員は四〇名以上という手厚さだ。ところが、この船が三浦半島沖あたりを航行中に何者かに乗っ取られた」

凜然《りんぜん》と福島一課長の声が響き渡った。

講堂内のあちこちからざわめきが聞こえた。

福島一課長はゆっくりと言葉を継いだ。

「そうだ、シージャックが発生したのだ。しかも現在の航行位置が不明だ。一定以上の大きさの船舶ではAIS……自動船舶識別装置が設置されていて、航行位置は電波によって発信される。ところが、《ラ・プランセス》はこのAISを切っているものと思われる。現在は相模湾沖を航行中と推察される」

眉《まゆ》をひそめて福島一課長は言葉を切った。

そんなことをすれば、ほかの船舶にも位置情報が把握できず危険なこともあるのではないだろうか。しかし、シージャック犯はあえてその危険な道を選んでいるのだ。

石田は緊張せざるを得なかった。

「さらに午後一時七分、この船の運営会社である商船タカシマのお客さま相談フォームと、警察庁御意見受付フォームおよび神奈川県警総合相談受付フォームの双方に対して、犯行声明が送信された。内容は次の通りだ。『客船《ラ・プランセス》を乗っ取った。乗船客とクルーの全員を人質とした。さらに若林興一船長と女性歌手の牧村真亜也、氏名不詳の女性乗船客の一名には直接銃口を突きつけている。警察・海保を始めとするあらゆる機関が我々に攻撃するときには、三名は即座に生命を失うだろう。マスメディア等に《ラ・プランセス》の件を伝えるな。報道を発見した場合にも三名は殺す。ビザー・マジック』……つまり、犯人は銃器を所持していて、人質に銃口を突きつけている状態だ。しかも、海保や警察の介入やメディア報道があれば、人質を殺すことを言明している」

石田は目の前が真っ暗になった。

沙羅、夏希、加藤、北原の四人の生命が危険にさらされる可能性が出てきた。

しかし、逆に言えば、この四人の力で事件を解決できるチャンスもあるのだ。

「このメッセージは《ラ・プランセス》が搭載している衛星携帯電話システムから送

られてきたものだ。運営会社に確認を取ったが、当然ながら、船長以下一定の高級船員にしか操作できないそうだ。従って、犯行声明を発信している者は本当に同船を乗っ取ったとしか考えられない。犯人たちは無線も奪ったのか、無線での呼びかけには応答しない。衛星携帯電話の音声通話機能には呼びかけているが反応はない。また、すでに《ラ・プランセス》は、携帯各キャリアの通信圏外に出たものと考えられ、一般の携帯電話による連絡は不可能だ。いまのところ犯人からのメッセージはこれだけだが、こちらから呼びかける手段はない状態だ。犯人からの呼びかけが警察庁と神奈川県警になされたこと、《ラ・プランセス》を所有し運営する商船タカシマの本社所在地が横浜市中区にあること、出航地点が横浜港大さん橋であること、さらに犯人一味の可能性のある人物を我が刑事部が捜査中であることから、本件の捜査は神奈川県警が行うこととなった。佐竹管理官、同船にはうちの捜査員が乗り込んでいるんだね」

福島一課長はおだやかな声で尋ねた。

「はい、江の島署刑事課強行犯係の加藤清文巡査部長と北原兼人巡査の二名が、一昨日《おととい》の夜に同署管内で発生した傷害事件の被疑者を追いかけて《ラ・プランセス》に乗船しております。また、休暇中だった捜査一課強行七係の小堀沙羅巡査長が乗っております。さらに小堀とともに休暇を取っていた警察庁サイバー特捜隊の真田夏希警部補も一緒です。この四人と連絡が取れない状態です」

佐竹は悔しそうに言った。

「現時点では連絡を取ることは厳しい。犯人は『ビザー・マジック』という聞き慣れない名を自称している。調べたところ、オカルト風の演出で演じるマジックのことだそうだ。この名がなにを意味するのかは現時点ではまったくわからん。ところで佐竹くん、このビザー・マジックを名乗るシージャック犯と考えられる人間として、二人の身元がわかっているのだな」

福島一課長は念を押すように訊《き》いた。

佐竹管理官の直属の上司であるのだから福島一課長は報告は受けているはずだが、事情を知らない捜査員に情報を共有することが目的なのだろう。

また着任したばかりの織田も情報不足なのかもしれない。

「はい、一名は加藤たちが追っていた傷害事件の被疑者である狭間秀一です。横浜市都筑区在住の三三歳、無職の男です。《ラ・プランセス》に乗っているところを加藤が目撃してあとを追っています。狭間は三年ほど前に千葉県内で傷害事件を起こし、懲役四年執行猶予五年の刑を受けています」

「執行猶予中か……一昨日の事件で逮捕起訴されれば実刑は確実だな」

考え深げに福島一課長は言った。

「それで逃げたのでしょう。もう一人は江川英介という四二歳の職業不詳の男です。現住所は鎌倉市腰越三丁目。この男は本日、午前九時半頃に中区太田町の銃砲店に押し入って店主に軽傷を与え、散弾銃の実包を強奪した、強盗致傷事件の被疑者です。この江川は一一年前に名古屋市内で民家に押し込み強盗を働き、五年の懲役刑を受けています。申すまでもなく、本捜査本部はこの事件の解決のために設置されました。犯行に使用したレンタカーを大さん橋駐車場に乗り捨てた後、江川の行方がわからなくなっています。現在、付近の防犯カメラの映像を収集して解析を続けていますが、《ラ・プランセス》に乗り込んでいる公算が大きいです」

佐竹管理官は言葉に力を込めた。

新たに加わった捜査員たちがメモをとるペンの音が響いている。

「その報告によって、我々もこの捜査本部を拠点としてシージャック事件の捜査を行うことを決めたんだ。しかしまだ、江川が《ラ・プランセス》に乗っていることは確認が取れていないんだな」

福島一課長は念を押した。

「現時点では確証はありません。ですが、今日の午前中に大さん橋を離れた船が

《ラ・プランセス》しかないことから、江川の乗船はほぼ確実とにらんでおります」

佐竹管理官は自信ありげに答えた。

「狭間と江川はシージャック事件の犯人一味と考えて捜査を進める。織田部長、いかがでしょうか」

福島一課長は丁重な調子で織田に訊いた。

「その方向でいいと思います。捜査員を狭間と江川の鑑取りに割いてください。二人の周辺部にどんな人間、あるいは組織が存在するのかを一刻も早く探り出す必要があると考えます。これは推察に過ぎませんが、三〇〇〇トンの客船を、江川と狭間の二人だけで乗っ取ることは不可能だと思います。ほかにも仲間がいるに違いありません。船以外にも協力者がいるおそれもある。ビザー・マジックを名乗るシージャック一味の実態を解明することは急務と考えます」

織田はいつに変わらぬ鷹揚《おうよう》な調子で答えた。

「仰せの通りだと思います」

福島一課長はゆったりとうなずいた。

「問題は犯人の目的ですね。なにを目的としてこのような大胆な犯罪を実行したのか。きわめて重要な課題です。ですが、現時点では犯行声明以外になんの要求メッセージも送ってきていない。ビザー・マジックが我々への要求を発信してくれればよいのですが……」

織田は眉根《まゆね》を寄せた。

「必ずなんらかの要求をしてくると、わたしは考えています」

福島一課長はきっぱりと言い切った。

「それを信じたいです。さて、鑑取りのほかに取り組まなければならない課題がふたつあると思います。ひとつは、船内の四人の警察官と連絡をとること。これにより船内の犯人たちの動静もある程度把握できることになります。ですが、現在は連絡手段が見つかっていない。どうにか見つけたいと思います。さらにもうひとつは犯行声明を送ってきた者との対話を試みることです。しかし、この点についても相手の連絡先が摑《つか》めていない。犯行声明が《ラ・プランセス》の衛星携帯電話からの発信だったことは明らかです。呼びかけても応答はないわけですが、この呼びかけは継続しましょう」

織田はいくらかつよい調子で言った。

「はい、呼びかけは続けます。佐竹くん、担当者を決めなきゃな」

福島一課長は管理官席に向かって呼びかけた。

「了解しました」

佐竹管理官は打てば響くように答えた。

「さらに《ラ・プランセス》の見取図などの資料と、本日の乗員・乗客の名簿を商船タカシマから得ている。この名簿をチェックして、まずは全員の前科照会を掛ける。さらにひとりずつ、犯人と関わりがありそうな者がいないかを調べることにする」

張りのある声で福島一課長は言った。

「それでは、いままで強盗事件の捜査を担当していた捜査員は江川と狭間の鑑取りにあたる。後から参加した捜一の者は名簿のチェックだ。残りの者は各方面との連絡係としてここに残れ。そのなかから《ラ・プランセス》の衛星携帯電話と、四人の警察官の携帯に電話をかけ続ける者を選ぶ……さて、きわめて重要なことを全員に告げる」

福島一課長は講堂内を見まわしてゆっくりと言った。

「現時点では、《ラ・プランセス》が乗っ取られたことは、運営会社の商船タカシマと警察庁の一部を除いて、我が神奈川県警の上層部およびここにいる捜査員の諸君しか知らない内容だ。マスコミに報道されることもない。もしこの事実が外部に漏れたら、人質に取られている乗船客やクルーの生命が危険にさらされる。いいか、シージャック事件が発生したことは絶対に口外してはならない。うっかりのひと言が多くの人間の生命を危険にさらすことになる」

講堂内は静まりかえって咳《せき》ひとつ聞こえなかった。

静寂を破って石田のスマホが短く振動した。メールの着信を知らせるアラートだ。

さっと見ると一枚のタテ長の写真が表示された。

ひとりの男が猟銃らしきものを手にして口を大きく開けて叫んでいる。

場所はどこかのステージのように見える。後ろにはドラムセットらしきものが写っている。

なんの文章も添えられてはいなかった。

発信元は小堀沙羅だ。犯人の画像に違いない。

画像を拡大して確認すると、免許証の江川英介の写真と同じ人物と思える。

そのことを告げたくて沙羅はこの写真を送ってきたのに相違ない。おそらくは大変に危険な状況だったことだろう。

一刻も早く全体で共有すべきだ。

だが、一介の捜査員に過ぎない自分が、この状況で発言するのはものすごく勇気のいることだ。

石田は目をつぶって頭を振った。そんなことを気にしている場合ではない。

「あのう……緊急に報告したいことがあります」

おずおずと石田は手を挙げた。

「なんだ石田？」

佐竹管理官がけげんな顔で訊《き》いた。

「小堀沙羅のスマホから犯人らしき者の画像が送られてきました。どうやら江川英介で間違いなさそうです」

立ち上がった石田は、スマホを掲げた。

「本当か？」

疑わしげに佐竹管理官は訊いた。

「はい、江川の犯歴データやレンタカーを借りたときに使った免許証の写真と同一人物と思われる男が写っています」

言葉を聞いた佐竹管理官は手招きした。

石田は管理官席に足早に進んで、佐竹管理官にスマホを渡した。

画像を拡大して確認してから、佐竹管理官は石田を見てうなずいた。

「そうだな、間違いない。こいつは江川だ」

佐竹管理官は全体に向かって大声を出した。

「シージャック犯の一名は江川英介と確定した。よし、班分けだ。該当者は後ろに集合」

前の捜査会議と同様に、久米係長と加賀町署の刑事課長が班分けを進めるために後方に歩いてゆく。

「すぐに小堀に電話してみろ」

佐竹管理官は石田に向かって早口で命じた。

石田は沙羅の番号をタップしたが、電波が届かない場所にいるか電源が入っていないというメッセージが返ってくるだけだった。

三分以上かけ続けても状態は変わらなかった。

「ダメです。つながりません」

「おそらく一時的に電波状態が回復して、過去に撮った写真が時間差で送信されたのでしょう。現在は圏外だと思われます」

幹部席で織田が表情を変えずに言った。

「ところで、織田部長。海保への連絡はどうしますか」

難しげな顔で福島一課長が訊いた。

「乗っ取ったというメッセージが入った時点で、第三管区海上保安本部に電話しました。あちらの責任者は同本部警備救難部長の朝長純太郎《ともながじゅんたろう》二等海上保安監です。僕と朝長部長とは随時連絡を取ることになっています」

織田はおだやかな顔で答えた。

「二等海上保安監というと、だいたい警視正クラスですね」

「そうです。僕とほぼ対等な階級の方を選んでくれたようです」

「それで、あちらはどういう対応をしているのですか」

福島一課長は気遣わしげに尋ねた。

「現在、羽田《はねだ》空港の海上保安航空基地からヘリコプターを出して、《ラ・プランセス》の位置を確認してくれています。相模湾に出たとなると、すぐに位置を特定することは難しいそうです。発見したら、朝長部長から僕の携帯にただちに連絡をもらうことになっています」

やわらかい口調で織田は答えた。

「県警ヘリではダメなんですか」

佐竹管理官が眉《まゆ》を寄せて訊いた。

「すべてを警察内部で処理したい気持ちはわかります。ただ、この先どんな展開になるかわかりません。いざとなれば海保の力が必要となってくる可能性が高いです。それに、港湾から外の海域で発生した事件を所管するのは基本的には警察ではなく海保です」

織田はきっぱりと言い切った。

「しかし、犯人は警察にしかメッセージを送ってきていません。また、この事件の犯人のひとりである強盗致傷犯の江川を追いかけていたのはこの捜査本部です。さらに、もうひとりの狭間を最初に追いかけていたのは江の島署の加藤です。江川や狭間がその後で乗っ取り事件を起こしたからと言って、我々は手を引くわけにはいかないと思いますが」

珍しく佐竹管理官が抗《あらが》った。

石田だって同じ気持ちだ。いまさら海保にまかせるわけにはいかない。

「もちろん、我々は最後までこの事件を捜査します。江川と狭間を逮捕するのは、わたしたち神奈川県警の責務です。さらに仲間たちも人質となっているのです。《ラ・プランセス》の乗員・乗客全員の安全を確保するまでは、捜査を一歩も引くわけにはいきません。ですが、海保との協働が必要なことは間違いありません」

織田は言葉に力を込めた。

「わかりました。海保とは連携を密にしていきたいですね」

福島一課長は納得したようにうなずいた。

「その通りです。状況によっては実務担当者同士での連絡も必要となってくるかもしれません。いまは《ラ・プランセス》の位置を特定することと、船内にいる四人と連絡を取ることを急ぎたいと思います。せめて犯人との対話ができれば……」

織田は悔しそうに唇を歪《ゆが》めた。

「犯人との対話となると、誰よりもまず真田の領域ですよね」

福島一課長がうなった。

「ええ、真田さんが人質となっている状況は大変につらいです」

織田は静かに目を伏せた。

これこそ織田の本音だろう。

織田はずっと昔から夏希とはプライベートでも仲がよい。

それに昨日までは直属の部下だったのだ。

石田も思いは同じだった。

船内の四人のことを考えると、胸が苦しくなってくる。

誰にも傷ついてほしくはない。

だが、いまの自分にはなにひとつできないのだ。

班分けがすんだ。捜査員たちが次々に出ていき、残った者たちは全員が椅子に腰を下ろして、講堂内はガランとなった。

「おい、石田。おまえは俺の補佐を続けろ」

佐竹管理官が石田の顔を見て指示した。

「了解です。お手伝いすることをご指示ください」

石田は無力感を覚えながら、管理官席に歩み寄った。

第三章　連　携

【1】

ちいさくドアをノックする音が響いた。
夏希の心臓は大きく収縮した。
加藤と北原がドアの両脇で身構えた。
おそるおそる夏希はドアを開けた。
そこに立っていたのはパーサーの八代尚美だった。
加藤と北原は身体から力を抜いた。
「八代さん……」

夏希はかすれた声を出した。

「これで陸地の警察に連絡してください。衛星携帯電話の端末です」

尚美はさっと黒い塊を手渡した。

受けとってみると、ふつうのスマホとは違ってかつてのガラケーに似た端末だった。

ただし、キーボタンはなく操作はタッチパネルによるもののようだ。

これで県警本部との連絡が取れる。

心のなかで灯《あか》りが点《とも》った気持ちだった。

「ありがとう。でも、どうしてここに来られたんですか」

大きな謎だった。

「このフロアで体調を崩されたお客さまが出まして、Cデッキの見張り役の男に頼んで一緒に医務室まで運ぶことになったのです。バタバタしている隙を狙ってここに来ました。じゃあ、戻ります」

尚美はドアを閉めた。

夏希たち三人はソファに戻った。

「さすがは八代さんだ。あの人は生命を懸けている」

加藤はこころから感心したように言った。

「犯人にバレなきゃいいですね」

北原が心配そうに言った。

「それも見越しているだろう。八代さんはまず大丈夫だ。さて、さっそく本部に連絡しなきゃな……とりあえず佐竹にでも電話してみるか。真田、頼むよ」

気楽な声で加藤は言った。

「加藤さんのほうが客観的な状況が報告できるんじゃないんですか」

夏希の言葉に、加藤は首を横に振った。

「だけど、レストランでの事件は俺は見てないからな。ま、必要なら俺に代わってくれ」

たしかに加藤の言う通りだ。

「わかりました。でもスマホをレストランに置いてきちゃったんで電話番号が……」

夏希はもちろん佐竹の携帯番号などは覚えていなかった。

「そうか……ほら、この番号だ」

加藤は自分のスマホを差し出した。

その液晶画面に表示されている携帯番号を見ながら、夏希は手もとの衛星携帯電話を操作した。

ちょっとの間は無音が続き、やがてふつうのコール音が響いた。

「はい、佐竹だが」

無愛想にも聞こえる佐竹の声が耳もとで響くと、夏希は嬉《うれ》しくなった。

久しぶりに、この閉ざされた空間の外にいる人間の声を聞けた。

佐竹の向こうには自由で安全な空間がひろがっているのだ。

「真田です。佐竹管理官ですよね」

夏希の声は明るくなった。

「なんだって！　真田夏希か。電話が通ずるのか」

佐竹は叫び声を上げた。

「はい、いま《ラ・プランセス》内の船室から衛星携帯電話でお電話してます。加藤さんと北原さんも一緒です」

息を整えて夏希は答えた。

「シージャックされているのだろう？　どういう状況なんだ？」

声を潜めて佐竹は訊《き》いた。

「船は何人かの犯人に乗っ取られています。ランチタイム中にレストランのステージでライブをやっていたときに、猟銃を持った男と、拳銃《けんじゅう》を持った男によって三人がさらわれました。男は威嚇のために猟銃を一発、天井に向けて発射しています。散弾銃ではなくライフル銃のようです。それで……捜査一課の小堀さんと船長の若林さん、ライブに出演していた歌手の牧村真亜也さんの三人が略取されています」

感情的にならないようにとは思って話しているが、さすがに沙羅の名を口にすると涙が出そうになる。

「小堀も捕まっているのか」

乾いた声で佐竹は言った。

「はい……拳銃を持った犯人のひとりにレストランから連れ去られました」

夏希の声は震えた。

「猟銃を持った男の写真は小堀から届いている。その男は江川英介で間違いない」

「届きましたか」

「ああ、かなりの時間差で石田のスマホに届いた。おかげで捜査本部でも江川が犯人だと特定できた。現在、捜査員の一部が江川の鑑取りにまわっている」

よかった。沙羅の努力は無駄ではなかった。

「小堀さんのことが心配で……どうすればいいのか」

夏希の声は震えた。

「落ち着け。小堀はきっと無事に戻ってくる。いまは動くな」

佐竹は力づよく言った。

いまは感情的になってはいけない。自分はこちらの状況をきちんと伝えなければならない。

内心で恥じて、夏希は感情を抑え込もうとつとめた。

「すみません……騒ぎを起こしたレストランでリーダーとして振る舞っていたのは、江川です。ステージにいたほかのひとりは、江の島署の加藤さんと北原さんが追っていた狭間秀一です。さらに、この船のクルーで配膳《はいぜん》係をしていた手島繁也という男も一味の一人です」

「やはりクルーにも犯人がいるのか」

のどの奥で佐竹はうなった。

「はい、ほかに配膳スタッフが三名です。さらに清掃スタッフなどがABCDの各デッキに見張り役として配置されているようです。わたし自身は見張り役は一名しか見ておらず、すべての人数は把握していません」

「なんと……犯人一味は一〇名以上もいるのか」

佐竹の声は乾いた。

「そう考えられます。わたしが見た者は全員、拳銃らしきものを所持しています」

言葉にするだけで、夏希の背筋に冷たいものが走った。

「そうか……。で、ほかのクルーに一味の者はいないのか」

夏希には断言できなかった。

しかし、高級船員などは犯人一味にいないと感じていた。

「誰が犯人一味なのかは確認できていません。ですが、我々に協力してくれている方もいます。パーサーの八代さんという方です。八代さんからこの衛星携帯を貸してもらいました」

夏希は尚美に感謝しつつ答えた。

「そうか、協力者もいるんだな」

佐竹はいくらか明るい声で言った。

「はい、でもお互いに監視されていますので、協力者の方とも連携できるような状態ではありません」

「そうか……ところで、犯人一味はビザー・マジックと名乗っている」

「なんですか、それ？」

聞き慣れない言葉だった。

「なんでもオカルト風の演出で演じるマジックを意味する言葉だそうだ。ビザー・マジックは船内の衛星携帯電話システムから運営会社の商船タカシマ、警察庁、神奈川県警にメッセージを送りつけてきた。が、《ラ・プランセス》を乗っ取ったという犯行声明一件だけでなんらの要求などもしてきていない」

「我々にも部屋から出るな、外部と通信するなとだけ命じています。このふたつを破ったら殺すと脅していますが」

「では、ほかに要求や政治的声明などはいっさいないんだな」

念を押すように佐竹は尋ねた。

「はい、それだけです」

「ほかになにか急いで連絡すべきことはないか」

「ちょっと待ってください」

夏希は加藤に顔を向けた。

「加藤さん、ほかに報告するようなことはありますか」

「いや、とくにない」

加藤は首を横に振った。

「現時点ではとくにありません。乗船客のなかに体調の悪い人が出たようです。時間の経過に伴ってそうしたお客さんが増えるかもしれません。すべての人質が一刻も早く解放されることを祈っています」

夏希は佐竹たちの力に期待した。

「こちらはできるだけの努力を続ける。なにかあったら連絡してくれ。また、こちらからも連絡する可能性があるから、携帯は常に受信できる状態にしておいてくれないか。もうひとつ頼みがある」

「なんでしょうか？」

夏希は緊張しながら訊いた。なにをしろと言うのだろうか。

「音声通話以外にデータの送受信ができる環境を整えてほしいんだ」

佐竹の言葉にホッとしつつも、夏希はとまどった。

「タブレットを持ってきていますので……できるとは思いますが」

正直言って夏希には自信がなかった。

「環境が整ったら、俺の携帯メアドにメールを一本送ってくれ」

「努力してみます」

そう答えるのが精いっぱいだった。

「そちらでの行動はすべて加藤に従え。ただし、こちらから指示するまでは船室から出るな」

いくらかつよい調子で佐竹は言った。

「はい、そうします」

はっきりと夏希は答えた。

「元気でいてくれ。そこにいる加藤と北原にも伝えてくれないか」

祈るように言って、佐竹は電話を切った。

この船は一種の牢獄《ろうごく》だった。押しつぶされそうな閉塞感《へいそくかん》を覚え続けていた夏希にとって、横浜の陸上にいる佐竹の声を聞けた喜びはちいさなものではなかった。

なにか風が吹き抜けてゆくような気持ちだった。

「佐竹さんが、ここにいるみんなに元気でいてくれと言ってました」

電話を切った夏希は加藤と北原に告げた。

「そうだな。元気でいないとな」

神妙な顔つきで加藤は答えた。

「それから、加藤さんに従って行動せよと言われました」

「まぁ、当然だな」

別段、得意そうな口調でなく、加藤は言った。

「あと、あちらの指示があるまで部屋から出るなとのことです」

「余計なお世話だ。現場のことは現場にいる人間がいちばんよく知っている」

いささかきつい加藤の声だった。

「ところで、犯人は、この船の衛星携帯電話網から商船タカシマと警察庁、神奈川県警に犯行声明を送ってきたそうですが、犯行声明以外の要求はないそうです」

「聞いていた。しかし、わからん。犯人たちはなにを目的にしてこんな大それたことをしているんだろう」

加藤は腕を組んだ。

「まったくもって不思議ですね」

北原は眉根《まゆね》を寄せた。

「それから、犯人一味はビザー・マジックと名乗っているとのことです」

「なんだそりゃ？」

加藤は奇妙な表情になった。

「わたしも知らない言葉でしたが、オカルト風の演出で演じるマジックのことだそうです」

「それにしてもおかしな名前を使ってますねぇ」

北原は首を傾げた。

「あ、佐竹さんから言われてたことしなくちゃ」

夏希は旅行荷物を詰め込んできた銀色のキャリーケースを開けると、八インチのタブレットを取り出した。

「わたしのタブレットからこの衛星携帯電話を使って佐竹さんや本部とデータのやりとりができるようにできませんか。佐竹さんから指示されたんですが」

夏希の言葉に、加藤は顔の前で手を振った。

「俺は無理だ。Ｗｉ－Ｆｉとかはあんまり得意じゃない」

顔をしかめて後ずさりする加藤に、夏希は笑いそうになった。

「ちょっと見せてもらえますか」

北原は身を乗り出した。

「お願いします」

夏希は北原にタブレットと衛星携帯端末を渡した。

北原はしばらくの間、携帯端末を調べていた。

「たぶん、この携帯端末は親機が船長室か通信室かどこかにあって、その親機とＷｉ－Ｆｉでつながっていて、そこから衛星携帯電波で基地局と交信する仕組みでしょうね」

したり顔で北原は言った。

「あれか。ふつうの家で使う固定電話の親機と子機みたいなもんか」

加藤は納得したような声を出した。

「使っている電波は違いますけど、原理的には似てますね。ただ、電話番号は個別に割り振られているので、ほかの子機や親機からはこちらの通信状況を把握できていないと思います」

そうだろう。親機は犯人に使われているはずだ。通信状況を把握されていたら、とっくに犯人一味の誰かが、この船室にチェックに来たはずだ。

そんな物騒なものを尚美が渡すはずはない。

「真田さん、タブレットにパスワードを入れてください」

北原が差し出したタブレットに、夏希は六桁《けた》のパスワードを入力した。

「えーと、Ｂｌｕｅｔｏｏｔｈでつなげるはずだな。設定から入ればいいんだな……。待てよ。この携帯端末にはUSB‐Cのポートが付いてるな。真田さん、このタブレットの充電器とかありますか？」

いきなり北原から言われて、夏希はあわてて荷物をゴソゴソやった。

「ちょっと待って」

夏希は取り出した充電器を北原に渡した。

すると、北原は充電器からコードを引き抜いて片側をタブレットに差し込み、もう一方を衛星携帯端末に差し込んだ。

コードは一メートルくらいあった。

「ああ、これでいい。USBでつなごう。よし、これでいいだろう」

ひとり言を口にしながら、北原はタブレットを次々にタップした。

しばらく北原はいろいろな操作をしていた。

「やった。ネットにつながったぞ」

北原はちいさく歓声を上げた。

夏希が横から覗《のぞ》き込むとブラウザには、よく見ているキュレーションサイトが表示されていた。ライフスタイルの楽しい情報が収集できるので便利だった。

「へぇ、北原はたいしたものだ」

加藤が感心したように言った。

「いや、僕など素人もいいとこですよ。専門的な知識はなにひとつ持っていないんです」

北原は謙遜《けんそん》しているようには見えなかった。

「そうか……やっぱり若いんだな」

加藤は低くうなった。

「佐竹警視のメアドわかりますか」

このタブレットはスマホと違ってプライベート専用だった。

佐竹のメアドなど入っているはずはない。

「えーと……あの……」

夏希がとまどっていると、加藤がにやっと笑った。

「ほら、これだよ」

加藤は自分のスマホを北原に差し出した。

「ありがとうございます。えーっとy.satake@……」

タブレットをタップして、北原は佐竹のメアドを打ち込んだ。

「さぁ、真田さん、いつものようにメールを打って送信してください。佐竹警視に届くはずです」

北原はにこやかに笑ってタブレットを返してくれた。

――真田です。メール送受信の準備が整いました。

これだけ打ち込んで夏希は送信ボタンを押した。

「届くかしらね」

北原を信頼していないわけではないが、閉塞感《へいそくかん》は消えたわけではなかった。

「大丈夫ですよ。届きますって」

北原がかすかに笑った。

五分ほどすると、メールの着信アラートが表示された。

――真田のメールはきちんと届いている。《ラ・プランセス》に関する資料を送る。

夏希は歓声を上げたくなった。

添付ファイルを開くと、PDF形式のかなりボリュームのあるデジタル冊子だった。

運営会社の商船タカシマが作成した内部資料のようだ。

船内には客室や共用部分の案内図は掲示されていたが、クルーの居室や通信室、機関室の位置などはわからなかった。この資料には完全な平面図とそれぞれの部屋の役割が記されていた。

機関やさまざまな操作盤の図面なども含まれている。なにか役に立つこともあるかもしれない。佐竹に感謝しつつ、夏希はＰＤＦを閉じた。

「これで、本部との連絡が完璧《かんぺき》になったな」

加藤の声には力強さがあった。

本部との連携が可能になったことは大きい。

夏希は事態の好転をひたすら祈った。

【2】

「真田に《ラ・プランセス》のデータを送れました。真田と加藤、北原は無事に船室に避難していますが、小堀が犯人に略取されました」

講堂内に佐竹管理官の声が響いた。

あたりは静まりかえった。

佐竹と夏希の通話を聞いていた石田も胸がつぶれそうな思いに囚《とら》われていた。

「銃を突きつけられている残りのひとりは捜査一課の小堀巡査長です」

佐竹管理官は暗い声で言った。

「これで孤立状態は解消されたな」

福島一課長は少しでも明るい声を出そうと努めているようだった。

「少なくとも真田さんや加藤さん、北原さんが無事なことは本当に嬉《うれ》しい」

織田は静かに言った。

「しかし、小堀の現状がわからないことが心配ですね」

福島一課長は眉間《みけん》に深いしわを刻んだ。

石田が口に出せなかったことを、福島一課長は言葉にしてくれた。

「ええ……。ですが、人質を粗末に扱えば、犯人自身がおのれを窮地に陥れることになる。よほど愚かでない限り、そんなことはしないはずです」

織田は自分の言葉を信じたいというような顔つきだった。

「たしかに仰せの通りでしょう」

福島一課長はちいさくあごを引いた。

「おい石田、なんて顔をしてるんだ」

佐竹管理官が石田の顔を見て失笑した。

「はぁ……」

石田は答えに困った。自分はそんなに不安そうな顔をしていたのだろうか。

「おまえは乗員・乗客名簿のチェックに全力を尽くせ」

佐竹管理官はハッパを掛けるような声を出した。

「了解です」

石田は目の前のノートPCに向かった。

乗員と乗客を合わせれば二〇〇名を超える。

本部の犯歴照会センターに照会するだけでも大変な仕事量だ。

しばらくして織田のスマホが振動した。

「はい、織田です。そうですか」

織田は相手の話を聞きながらメモを取っている。

「そうですか、ありがとうございます」

頭を下げて織田が電話を切った。

「海保のヘリが《ラ・プランセス》を発見しました。すでに航路を外れています。現在、利島《としま》沖の東海上二七海里付近を南へ向かって航行中だそうです。発見地点は北緯三四度五二分、東経一三九度五六分の海域だそうです」

織田は講堂内にいる捜査員たちに向かって声を張った。

すでに講堂内には大型液晶モニターが設置されている。

織田が手もとのノートPCを操作すると、東京湾、相模湾、伊豆諸島あたりの地図が表示された。

さらに織田は新島《にいじま》付近を拡大して見せた。

「二七海里というと、約五〇キロですね。本来の航路はどうなっているんですか？」

福島一課長が織田の顔を見て訊《き》いた。

「本来は伊豆大島《おおしま》の北を通って下田《しもだ》を越えて駿河《するが》湾に入る航路だそうです」

落ち着いた声で織田は答えた。

「かなりズレていますね。いったいどこへ行こうとしているのでしょう」

佐竹管理官は首を傾げた。

たしかに地図で見ると航路からは完全にあさっての方向だ。

「わかりませんね。このまま南へ下れば八丈島《はちじょうじま》に行ってしまいます」

織田は思案深げな表情で答えた。

「《ラ・プランセス》はどこまで航行できる燃料等を積載しているんですかね」

石田が質問したいと思っていたことを、佐竹管理官が訊いた。

「最終目的地の宮古島までのクルーズには余裕のある燃料と食料や飲料水を積んでい

るそうです。少なくとも二〇〇〇キロは航行可能だそうです」

さまざまな情報を織田は記憶している。さすがにキャリアは違う。

「そんなに遠くまで行けるんですか」

驚いたように佐竹管理官は目を瞬《しばた》いた。

「ええ、宮古島が約一八〇〇キロですね。横浜発でもグアム島やシンガポールまで、どこにも寄港しない客船も珍しくないですからね。サイパンが約二三〇〇キロ、グアムが約二五〇〇キロ……どちらにも行き着けない。まぁ、一〇〇〇キロの小笠原《おがさわら》諸島ならば軽く行ける距離ですが」

織田はこともなげに言うが、船ともなるとふだん扱っている事件とは桁違《けたちが》いの場所に犯人は逃走してしまうのだ。

「海保では《ラ・プランセス》の今後の位置と経路を捕捉《ほそく》し続けると言っています。位置関係については不安要素はなくなったと言っていいでしょう」

講堂内を見まわして織田が言ってすぐに、連絡係の制服警官が佐竹管理官に歩み寄ってメモを渡した。

「なんということだ！」

メモを見た佐竹管理官は目の前の受話器を取った。

「データをすぐに送ってくれ。それで……このメッセージはうちだけに来てるのか？　そうか、調査結果がわかったらすぐに報告しろ」

頬のあたりを引きつらせて、佐竹管理官は講堂全体を見まわした。

「ビザー・マジックを名乗る犯人一味から新たなメッセージが本部に送りつけられた」

講堂に響く佐竹管理官の声はこわばっていた。

全員が佐竹管理官に注目した気配を感じた。

手もとのノートPCを佐竹管理官は操作した。

「今度は明確な脅迫メッセージだ。いや、恐喝と言うべきか」

佐竹管理官の怒りに震える声が講堂に響いた。


——日本時間の午前〇時までに五億円相当の暗号資産を次の口座に振り込め。入金を確認できないときには、乗客一六〇名と乗員四五名の生命はない。我々は《ラ・プランセス》の各所に高性能プラスチック爆弾を仕掛けた。

石田はあっと声を上げそうになった。

背中に汗が噴き出すのを感じた。

続けてあまり聞いたことのない暗号資産取引所の口座番号が記されている。

——そちらの責任の所在を明らかにし返答を聞かせてもらうためにメールアドレスを記す。本船の通信サーバーに新たに設置したものだ。商船タカシマあるいは警察の責任者からの連絡を待っている。なお、銃口を突きつけている三名は現在のところは無事だ。一時間以内に返答がない場合には一名を殺害する。さらに一時間後にもう一名を殺す。なお、今回の報道等を発見した場合には三名を一度に殺す。いいな、タイムリミットは午前〇時だ。日付が変わったらそれですべてはおしまいだ。

その後にはbizarre_magic@la_princesse.jpというメールアドレスが書いてあった。

さらに、短い動画ファイルが添付されていた。

白くペイントされた金属壁を背景に身体を縄で縛られた女性二人と、男性の高級船員ひとりが写っている。

制服姿の若林船長、小堀沙羅、歌手の牧村真亜也と思しき赤いドレスの美しい女性だ。

三人は暗い表情でレンズを見つめている。

ほんの五秒ほどの動画で音声はなかった。

タイムスタンプを見ると、五分ほど前の撮影のようだ。

息をつく音や、ざわめきが講堂内にひろがった。

「小堀は無事か」

ホッとしたように福島一課長が言った。

「安心いたしました。しかし、見ての通り、午前〇時までに五億を用意しろと言っています」

佐竹管理官の怒りは激しいようだ。

「うーん、身代金目的だったか」

福島一課長がうなり声を上げた。

「プラスチック爆弾を仕掛けたと言っていますね」

織田は低い声で言った。

「県警で五億など、用意できるわけもありません」

福島一課長は鼻から息を吐いた。

「とりあえず、示されたメアドに返信しなくてはなりませんね」

しばらく織田は机上のPCを操作していた。

――神奈川県警刑事部長の織田信和です。わたしが本件の窓口となります。連絡先は、こちらのチャットアカウントとなります。こちらに返信してください。

織田は自分の打ったメッセージを読み上げて福島一課長や佐竹管理官の顔を見た。

二人とも同時にうなずいた。

「過去に犯人との対話によく使ったチャットツールに誘導しました。今回は相手は《ラ・プランセス》に設置された衛星携帯電話を使っているわけですから、ネット上の身元はわかっています。発信を警戒することはないはずです」

「なるほど、ネット上の身バレは心配していないわけですね」

佐竹管理官は納得したように言った。

「最初はこの程度でいいでしょう。返信を待つことにします。ですが、小堀さん、牧村さん、若林船長の無事を確認できたと言っていいと思います」

いくらか明るい声で織田は言った。

「犯人は五億円を午前〇時までに支払わなければ船を爆破し全員を殺すと脅していま

す」

眉間《みけん》に深い縦じわを刻んで福島一課長は言った。

講堂の時計は午後二時半に近づいていた。

「あと九時間半しかありませんね……県警本部長と長官官房に連絡を入れます。ちょっと失礼します」

織田は腰を上げると、講堂を出ていった。

ほかの者には聞かれたくない話もあるのだろう。

かなり長い時間、織田は帰ってこなかったが、やがて何ごともなかったように姿を現した。

「身代金の件については内閣官房、警察庁長官官房、神奈川県警本部長、商船タカシマで協議して四時間以内に結論を出すことになりました。午後七時を目処《めど》にしているとのことです。僕は絶対に用意してほしい旨を強調しました。しかし、警察庁としては『テロには屈しない』という国際的な方針を覆したくないとの立場を堅持していますす」

平静な顔で織田は言った。

「しかし、それでは二〇五名の生命が失われます。我々の仲間四人も生命を奪われるのです」

佐竹管理官の声にははっきりと怒りが感じられた。

織田はやわらかく手を振って佐竹の言葉をさえぎった。

「国際的にこの方針は基本なのですが、過去にデンマークやオランダで例があるように、水面下で柔軟に対応しているケースはいくつか存在しています。万が一、乗員・乗客二〇五名の生命が失われたら、政府や警察がどんな批判を浴びることになるのか。そのことは関係各機関はじゅうぶんに理解しています。そんなに硬直した判断は下さないと信じています」

自信ありげに織田は言った。

ここまでの会話を聞いていた石田は、こころのなかでどうしても拭《ぬぐ》えない違和感を覚えていた。

発言するべき立場にはない。だが会議中ではないし、織田は自分のような階級の者の声を聞いてくれる人間だ。

話すだけならば叱責《しっせき》されることはないような気がする。

「あの……」

石田は恐る恐る声を出した。

「なんだ、石田。意見があるのか」

佐竹管理官が尖《とが》った声で訊《き》いた。

「はい、ちょっと考えたのですが」

言いよどんでいると、佐竹管理官の怒声が飛んできた。

「早く言え」

石田は反射的に立ち上がった。

「なぜ、ビザー・マジックはマスコミへの情報漏洩《ろうえい》を厳しく封じようとするのでしょうか」

おずおずと石田は自分の考えを口にした。

「意味がわからんぞ」

佐竹管理官は眉間にしわを寄せた。

「もし、身代金を払わせたいのなら、全国的に報道されたほうが犯人にとって有利なのではないでしょうか。身代金を払えというのが世論の中心になると思います。身代金を惜しめば、二〇五人の生命を軽んじる政府や警察を国民は憎むでしょう。そうすれば、政府などへの圧力となり、身代金は支払われる公算が大きくなるのではないですか。それなのに、なぜ犯人は自分たちのシージャックを世間に知られまいとするのでしょうか。ちょっと理解できません」

思い切って石田は一瀉千里《いっしゃせんり》に喋《しゃべ》った。

佐竹管理官と福島一課長は首をひねっている。

「石田さんの意見には一理ありますね。なぜ、ビザー・マジック一味が世間への情報漏洩を忌み嫌っているのか。そこには今回の事件の鍵《かぎ》があるような気がします。僕には答えがわかりませんが、石田さんは見つかっていますか」

織田はにこやかに訊いた。

自分の意見が無視されなかったことが、石田は嬉《うれ》しかった。

「いえ、わたしごときにわかるはずもありません」

肩をすくめて石田は答えた。

エリート中のエリートである織田にわからないことが、自分にわかるはずもないと石田は思っていた。

「考え続けたいと思います。貴重な意見をありがとう」

織田はやわらかい声で言った。

発言してよかったと石田は痛感した。

「ところで、犯人は賢いということがわかりましたね」

ぽつりと織田は言った。

「どうしてですか」

佐竹管理官が不思議そうに訊いた。

「人質の無事な姿を我々に提示することで、我々のいたずらな焦燥感を抑え疑心暗鬼を解消しようとしています。もし人質が被害を受けていたら……と悩む必要がなくなります。つまり我々が身代金の支払いに向けて雑念なく取り組めるようにしているわけです」

織田は自信たっぷりに言った。

なるほどと石田も納得した。

そのとき織田の携帯が振動した。

「ああ、朝長部長。お疲れさまです。先ほど連絡した時点から進展はありません」
三、四〇分に一回程度、織田は第三管区海上保安本部の朝長警備救難部長と連絡を取り合っていた。
「なんですって、SSTを投入することに決まったのですね」

織田は天を仰いだ。

「わかりました。じゅうぶん注意して接近してください。釈迦《しやか》に説法ですが、人質の生命が最優先課題ですから」

織田は電話を切ると、講堂内の全員に向かって声を張った。

「第五管区海上保安本部に所属するSST、つまり海上保安庁特殊警備隊一個隊が乗り組んだヘリコプターを急行させることになりました。出発地点は関西空港の海上保安航空基地です。これは政府からの指示で、海上保安庁長官命令による作戦だそうです。SSTは警察で言うところの、刑事部特殊事件捜査係や警備部特殊急襲部隊、爆発物処理班、さらにはNBCテロ対応専門部隊の役割を、海上で担う精鋭部隊です。日夜厳しい訓練を受けていて、シージャック対応についても専門的な技術を身につけています。非常事態となれば、ヘリから《ラ・プランセス》にリペリング降下してブリッジ付近の犯人を急襲する可能性も出てきました」

不安感いっぱいの織田の声に、石田も緊張せざるを得なかった。

「急襲は最後の手段であることは海保もはっきりと認識しています。それまでに刑事部がなんとか打開策を見つけたいです。船内には四人の警察官がいます。きっと事件解決のために行動できるチャンスがあるはずです」

織田は自分に言い聞かせるように言葉を口から出した。

石田は沙羅の身を案じた。

ブリッジの人質三人は特殊部隊の急襲で巻き添えになる可能性が高い。

一〇分ほどして、今度はメッセージの着信音が響き渡った。

石田は緊張して織田のほうを見た。

「ビザー・マジックから返信が来ました」

低い声で織田は言って、ＰＣを操作した。

――窓口は神奈川県警だな。了解した。身代金支払い準備の現状について教えろ。

「とりあえず、返事はします」

――現在、政府と警察、商船タカシマの責任者が話し合いのテーブルに着いています。しばらくお待ちください。

織田が送信しても返事はなかった。

「あの……大変恐縮ですが、こうしたやりとりに最適なのはやはり……」

遠慮ぎみに福島一課長は言葉を途切れさせた。

「真田さんですね。僕もそう思います。それに僕は、この捜査本部を統括することを最優先しなければなりません。ビザー・マジックとの対話には真田さんこそ適任です。彼女に電話してみましょう。佐竹さん、スマホをお借りできますか」

織田が声を掛けると、佐竹はスマホを手にして幹部席に歩み寄った。

「真田がいま使っている衛星携帯電話の番号は表示してあります」

佐竹の説明を聞きながら、織田はすぐに画面をタップした。

【3】

船室内に衛星携帯端末の着信音が響いた。

ボリュームは最小に絞ってあるが、夏希の心臓は強く拍動した。

夏希は衛星携帯端末を手に取ると通話状態にして耳もとに持っていった。

「織田です」

端末から聞こえた声に夏希は驚いた。

「えっ、織田隊長ですか！」

織田は今日は休みのはずだ。それにサイバー特捜隊ではいま急を要する事案は抱えていないはずだ。

「詳しくはお帰りになってから話しますが、現在、加賀町署に開設された捜査本部におります」

平らかな声で織田は言った。

「このシージャックがサイバー犯罪と関係しているのですか」

当然の疑問だった。

「いえ、そういうわけではありません。いまは《ラ・プランセス》の乗員・乗客の解放に向けて力を尽くしています」

きっぱりと織田は言い切った。

なんとなくそれ以上聞きにくい気がして、夏希は話題を変えた。

「そうなんですか。佐竹さんとはさっきお話ししました」

「福島一課長も石田さんもいますよ」

にこやかな声で織田は言った。

「早くみんなと会いたいです……それに小堀さんが」

甘えだとは思ったが、つい織田には泣きついてしまった。

「安心してください。犯人からのメッセージが届き、小堀さんの無事が確認されました」

ゆったりとした口調で織田は言った。

「本当ですか！　小堀さん、無事なんですね」

思わず夏希は叫んでしまった。

加藤と北原がいっせいに夏希の顔を見た。

「はい、先ほどに短い動画が送られてきました。船長も牧村さんも無事です」

はっきりとした口調で織田は答えた。

身体の力がクタクタと抜けた。

「よかった……」

夏希は潤んだ声で言った。

「犯人一味によってブリッジに監禁されているのだと思います。その動画の背景は、商船タカシマからもらった資料と見比べるとブリッジ後方だと考えられます」

資料にはブリッジの詳細な写真も掲載されていたように思う。

「そうですか、犯人はブリッジにいるのですね」

「少なくとも小堀さんたち三人を連れ去った江川や狭間はブリッジにいると考えられます。船長に銃器を突きつけて操船指揮をとらせているのでしょう」

「たしかに船長がブリッジにいれば航行については安心ですからね」

「もうしばらくの辛抱です。つらいお立場なのに申し訳ありませんが、僕から真田さんにお願いがあります」

織田は丁重な口調で頼んだ。

「わたしはとらわれの身です。自室のB－37から廊下に出ることもできません。加藤さんと北原さんがいてくれなかったら、耐えられなかったかもしれません」

夏希は加藤や北原の顔を眺めながら答えた。

「大丈夫です。真田さんはそのまま船室にいてもらってかまいません。その部屋でできることなのです」

なだめるように織田は言った。

「この部屋でできることですか」

夏希は織田の言葉をなぞった。

「はい、実は犯人一味を名乗るビザー・マジックは五億円の身代金を要求しています。現在、政府と警察、さらに運営会社で対応を協議中です。この身代金の協議状況について、犯人が連絡窓口を要求してきました。そこでさっそくチャットツールの対話場所を用意して、僕が警察を代表する立場としてメッセージの返信を行いました。が、このような対話には真田さんがいちばんふさわしいと思います。僕に代わって犯人との対話を行い、できるだけ犯人の精神を安定した状態に保ち、さらには犯人の実像に迫ってほしいのです」

織田は厳しい任務を淡々と口にした。

「そんな重責……わたしには無理です」

この任務を引き受けるのは、自分にはとても無理だ。

サイバー特捜隊の仕事であれば命令として断るわけにはいかないが、この話は断れよう。

「小堀さんを助けるためと思って引き受けてください」

熱っぽい調子で織田は頼んだ。

「小堀さんを助けるためですか」

夏希はかすれた声を出した。

「そうです。犯人の精神状態を安定的に保てば、小堀さんの安全性は高まると思っています。彼女になにかあってからでは遅いですからね」

織田の言葉には説得力があった。

「そうですよね」

力なく夏希は答えた。

「それに犯人の実像がわかれば、新たな解決策が見つかるかもしれません」

気を引くように織田は言った。

「織田さんよりわたしのほうがふさわしい役割なんでしょうか」

素直な疑問を夏希は口にした。

「はい、僕は真田さんの力を信じています」

「そんなことを言われましても」

夏希としてはとまどうしかなかった。

「ただ、後出しジャンケンになると困りますから、先に言っておきますが、犯人は午前〇時までに五億円の暗号資産を支払わなければ《ラ・プランセス》を爆破し、乗員乗客全員を殺すと脅してきました」

あまりにも恐ろしいことを織田は静かに伝えた。

「え……わたしもそのひとりというわけですね」

夏希は全身がこわばるのを感じた。

「そうです。さらにマスコミ報道があった場合には小堀さんたち、捕らえている三人を殺害すると脅しています」

織田は低い声でまたひとつ恐ろしいことを口にした。

「ひどい……」

夏希のこころのなかで犯人一味への怒りが渦巻いた。

「ただ、僕は爆弾を仕掛けているというのは犯人のブラフの可能性もあると疑っています。犯人たちも一緒に死ぬことになるからです。その真偽も含めて真田さんに探り出してほしいのです」

「ブラフであると信じたいです」

江川や狭間を思い浮かべると、自分たちが吹っ飛ばされることを覚悟している人間という雰囲気はあまり感じられなかった。

「現在、内閣官房、警察庁長官官房、神奈川県警本部長、商船タカシマで協議しています。早急に結論を出すことになりました。午後七時を目処《めど》にしています。僕は絶対に五億円を用意してほしいと主張しています。ですが、警察庁としては『テロには屈しない』という国際的な方針を堅持しています」

「それじゃあ、わたしたちは見殺しにされるのですか」

夏希の声は尖《とが》った。

国際的な方針は理解できないことはないが、吹っ飛ばされるほうの身にもなってほしい。

「とは言え、現実問題としては二〇五人の……正確には加藤さんや北原さんも加えて二〇七名ですか。そんな大勢の生命を軽んずるわけにはいきません。きっと打開策は講ぜられるものと確信しています」

織田の言葉はやはりどこかに官僚臭さが残っている。身代金を支払うとは言明しないのだ。

夏希は妙なところに感心した。身代金の支払いは織田が負う責任ではないのだが……。

「わたしは二〇七名の生命を守るのが警察組織の責務と信じています」

はっきりとした口調で夏希は言った。

「それは僕もまったく同じことです。対話を続けて頂く間には、こちらもさまざまな対応を進めていきます。どうか真田さん、二〇七人の生命を救うために力を貸してください」

織田はふたたび熱っぽい口調で言った。

夏希はしばらく返事ができなかった。

こんな重大な任務を引き受けていいものだろうか。

自分がまずい対応をしたら、まずは沙羅の生命が危険にさらされるのだ。

「対話だろ……引き受けてやれよ」

いきなり加藤が口を開いた。

「加藤さん……」

夏希はなんと答えていいのかわからなかった。

「この船にいれば、犯人たちの状況が摑《つか》めるときが来るかもしれない。それに織田さんより、真田のほうがはるかに場数をこなしている。真田は経験豊富じゃないか。途中で無理だと思ったら捜査本部に戻せばいいんだ。なぁ、小堀に援護射撃してやれよ」

平坦《へいたん》な口調で加藤は言った。

加藤の言葉を聞いているうちに、夏希の覚悟は決まった。

「織田さん、わたしやってみます。成果がなくても許してください」

夏希ははっきりとした口調で織田に告げた。

「ありがたい。助かります」

織田の短い言葉にはこころが籠《こ》もっているように感じられた。

「自信はないのですが……」

　夏希は正直な気持ちを口にした。

「いざとなったら、僕に戻してください。便宜的に真田さんを神奈川県警の刑事部管理官という立場にして、僕の右腕ということで犯人に伝えます。今回は神奈川県警本部のサーバーを使います。つまり、真田さんのメッセージはそちらの船室からいったん県警本部に届き、さらに県警本部から船内の犯人のいる場所に届きます」

「わたしは犯人からのメッセージを待っていて、それに応答すればよいのですね」

「そうです。いつもと同じ調子でやってください」

「わかりました」

　無理をして夏希は短く答えた。

「では、まず僕から真田さんへ交代する旨、犯人に伝えます。このメッセージは無視してください。大変なことをお願いしてすみません。どうぞよろしくお願いします」

　織田は電話を切った。

　すぐにタブレットからメッセージの着信を告げるアラートが響いた。

　――わたしは身代金支払いについての会議に出席するためにこの場を離れます。留守の間はわたしの右腕である刑事部管理官の真田警視がお相手をします。どうぞよろ

しくお願いします。　織田信和

しばらくすると、ふたたびアラートが鳴った。

——真田管理官へ　身代金支払いについての決定はいつになるんだ？

ぶっきらぼうなメッセージが届いた。

夏希はガチガチに緊張しながらタブレットをタップして返信メッセージを作成した。犯人との対話は何度目のことだろうか。こんなに緊張するのは初めてのことだった。

——はじめまして、真田です。よろしくお願いします。現在、政府と警察、運営会社で協議を続けています。

——いったいなんの協議をしているのか。

——どの機関がどれだけの金額を負担するかについてです。

——我々には関係のない話だ。いつまでに結論を出すのだ。

——午後七時を目処にしています。

——暗号資産口座への振り込みにかかる手間と、当方が入金を確認する時間を計算に入れたほうがいい。だが、七時までに結論が出るならなんの問題もないだろう。

——申し訳ありません。わたしにはそのあたりの手続きはよくわかりません。

——まあいい。とにかく午前〇時までに入金確認ができなければ船を爆破するまでだ。

——船を爆破したら、あなたたちも海に沈むのではないですか。

——我々は生命を賭《か》けているんだ。余計な心配はしなくていい。

それきり通信は途絶えた。

夏希は肩で大きく息をついた。

とりあえず犯人の感情を荒立てることはなかったようだ。

電話の着信音が鳴った。

織田からだった。

「さすがは真田さんです。犯人は感情が安定しているように感じられました」

当然かもしれないが、織田はいまのメッセージ交換をモニタリングしていたのだ。

「わたしもそう思いました。犯人は感情的には安定している人物だと思います。覚悟しているとは言っていましたが、船の爆破を実行して自分たちを滅ぼそうというような人間には思えませんでした」

素直に夏希はそう思っていた。

「同じ考えです。真田さんは人質略取の実行犯を見ています。リーダーとも考えられる江川英介や、加藤さんたちが追っていた狭間秀一がいまの相手だと考えますか」

織田は畳みかけるように訊《き》いた。

「違う人物だと思われます。江川と狭間はもっとずっと粗暴な人間だと思います。今回のチャットの相手は冷静で、感情的な人物とは思われません。確証はありませんが、江川や狭間とは別人物だという感触が強いです」

　夏希は確信していた。

「とくに狭間はその犯歴を見ても、頭に血が上るというかカッとするタイプですね」

「江川も猟銃を振り回しているときの姿は、そのようなタイプに見えました」

　かなり乱暴な男だった。

「チャットで対話した人物は黒幕である可能性がありますね」

　織田の考え深げな声が響いた。

「大いにあり得ますね。対話の相手は理知的で冷静なタイプだと思います」

　ほんの一瞬、織田は黙っていた。

「真田さん、どう思います？　犯人一味は仮に身代金が振り込まれた後、どこへどうやって逃げるつもりなのでしょうか」

　いきなり織田は話題を変えた。

「この船はいまどこに向かっているのですか」

　素朴な疑問だった。

「伊豆諸島の東側を南下しています。もうすぐ三宅島《みやけじま》沖だと思います」

なるほど、犯人一味は神戸に行く気はもちろんないわけだ。

「たとえばさらに南下して、この船のテンダーをおろして八丈島へ逃げたとしても、すぐに捕まってしまいますよね」

島嶼《とうしょ》部はかえって目立つ。

八丈島署が警戒を呼びかけていれば、テンダーボートで接近するだけで警察に通報が入るだろう。

「そこなんですよ。犯人一味には逃げる場所がない」

織田は我が意を得たりとばかりに語気を強めた。

「そうですね。逃げる場所はどこにもありませんよね」

夏希も賛同せざるを得なかった。

「もしかすると、身代金を得たら仲間が迎えに来るのかもしれないですね」

平らかに織田は言った。

「そんな仲間がいるのでしょうか」

洋上で迎えるのは困難なのではないか。

「たとえば、北マリアナ諸島の最北部の島……マウグ島、アグリハン島なんて無人島あたりの海域に、逃走するための船が迎えに来るのではないでしょうか」

織田の声はまじめだった。

「そんなまさか」

夏希には信じられなかった。

「いや、これは僕の妄想です……ところで、真田さん、犯人に投降を呼びかけてみませんか」

次々に織田は夏希に難題を突きつけてくる。

「無理ですよ」

織田は本気でそんなことを言っているのだろうか。

「たとえば、投降したら刑期を軽くしてやるなどといって揺さぶりを掛けるのです」

無茶な話だとあらためて夏希は思った。

「そんなことはできないですよね。二〇一八年に始まった司法取引は、死刑又は無期の自由刑に当たる犯罪を除いた、経済犯や薬物銃器犯などにしか適用されません。そもそも司法取引ができるのは検察官ですよね。我々にそんな権利はありません」

きっちりと夏希は反駁《はんばく》した。

「もちろんその通りです」

織田はさらりと答えた。ビデオ通話でないので見えはしないが、涼しい顔をしているような気がした。

「では、犯人を騙《だま》すのですか」

夏希には人を騙すことなどできない。

「必ずしも騙すことにはならないでしょう。自ら投降するのと警察に逮捕されるのとでは、現実の量刑には差が出ます。江川や狭間は捕まることを恐れて一味に加わったのだと思います。だから、そんな話に耳を貸すとは思えません。しかし、真田さんが対話している相手は違うかもしれません。幸い、犯人たちはまだ死傷者を出していない。いまならまだ引き返すことができます。犯人に引き返すことを呼びかけるのです」

嚙《か》んで含めるように織田は言った。

「聞く耳を持つでしょうか」

夏希は疑わしげな声を抑えられなかった。

「仮に無視されたとしても、動揺するかもしれません。仲間内に不協和音が出てくる可能性だってあります。試してみる価値はあります」

織田たちは手詰まりなのかもしれない。

横浜から捜査本部の面々ができることには限りがある。

たとえば犯人について詳しいことがわかっても、それだけで現在の状況を改善できるというものではない。

現時点では犯人の逮捕が第一目的ではない。

人質の解放が最優先なのだ。

「犯人が怒って凶暴な行動に出るのではないでしょうか」

なによりも沙羅の身が心配だった。

「真田さんの分析通り、犯人は理知的なタイプだと思います。身代金が入るまではそんなことをしませんよ」

織田はどこか楽観的な気がする。

「そうでしょうか」

夏希としては疑いを捨てきれなかった。

「逮捕監禁事案などでは、投降の呼びかけは通常の対応です。ぜひ試してみましょう。実を言うと、このままだと強行策を言い出す連中が出てきそうで不安なのです」

曇った声で織田は言い出した。

ようやく織田の真意が見えてきた。

強行策とは、たとえば警察なら警備部ＳＡＴなどの投入である。

ヘリコプターなどから隊員を降下させて、ブリッジなどにいる犯人を急襲する。

ＳＡＴは犯人を制圧するための行動を取る。

ほとんどの乗員・乗客は救えるだろう。だが、沙羅たち三人に被害が出る危険性は否定できない。

「わたしは小堀さんを守りたいです」

夏希はきっぱりと言い切った。

「責任は僕が取ります」

いくらか強い口調で織田は言った。

「わかりました。やってみます」

仕方なく夏希は受けた。とにかく相手を刺激しないように意を払おう。

——お話ししたいことがあります。お返事頂けますか。

慎重に言葉を選んで夏希は切り出した。

一〇分ほど待つと、着信アラートが鳴った。

——身代金支払いが決定したのか。

——協議中です。もしビザー・マジックさんが聞いてくださるなら、あなたとお話ししたいことがあるのです。

——いったいなんだ。早く言え。

——わたしはあなたと一緒に問題を解決したいのです。

——ははは、おまえは刑事部管理官だろ。まるでカウンセラーのようなことを言うな。一緒になにができるというのだ。

——わたしはあなたにいまの場所から引き返してほしいのです。

——引き返せとはどういう意味だ？

——あなたがもし、このまま船を戻してくだされば、わたしたちはできるだけのことをします。

——船を戻せとは投降しろという意味か。

——少なくとも銃口を向けている三人を解放してもらえないでしょうか。

——ほう、そうしたら直ちに五億円を振り込むのか。

——その件とは別にお話ししています。

——バカなことを言うな。五億円を用意しなければ全員が死ぬことになる。

——五億円の支払いに暗号資産を指示していますが、ほかの支払い方法は選べませんか。分割で支払うとか、現金を用意するとか。

——指定した口座に午前〇時までに振り込め。

――こちらが五億円を振り込んだ後、あなたたちはどこへ行くのですか。

――そんなことを話す必要はない。

――あなたたちはまだ誰も傷つけていません。戻るチャンスだと思います。もし、このまま横浜港に戻って頂ければ、わたしたちはあなたの処分がなるべく軽くなるように最大限の努力をします。

――不思議なことを言うやつだな。戻るくらいなら最初からこんなことはしない。用がそれだけなら、話は以上だ。早く五億円を用意しろ。

それきり返信はなかった。

着信音が鳴った。

「やっぱり無理です。とりつく島がないって感じです」

電話に出た夏希はいきなり言った。

「わかりませんよ。ああいう答え方でしたが、揺さぶりを掛けることができたかもしれません」

織田の言葉を夏希は信じていなかった。

「相手はなにがあっても投降することはないと思います」

いまの対話を通じて得た夏希の素直な感覚だった。

「なぜそう思うのです」

「わたしの直感に過ぎません」

相手の硬直した態度は文面にもよく表れていた。

「身代金に固執していると感じましたか」

畳みかけるように織田は訊《き》いた。

「そこがわからないんです。身代金を払えと繰り返していますが、なにか真剣さを欠く気がしています」

これは直感というより、かなりはっきりした感覚だった。

「真剣さを欠くとはどういうことですか」

織田の声はけげんそうに響いた。

「暗号資産でなくなにか別の方法を選べないかと訊いたときにも、関心を示しませんでした。支払えの一点張りです。たとえばもっと脅迫をしてくるとか、反応があると思ってたんですが……」

夏希は違和感を覚えていた。

「なるほど、つまり真田さんは犯人一味の真の目的はほかにあるんじゃないかと考えているわけですね」

織田は興味深げに訊いた。

「いや、そこまで断言はできませんけど……五億の身代金って高額ではありますが、あまり執着しているようには思えなかったんです。これだけの危険を冒すのに、逃げる場所もない。織田さんがおっしゃるように船で迎えに来ることもあり得ますが……。なにか不合理な気がしませんか」

夏希の言葉に織田は低くうなった。

「たしかに……。たとえば、昨年一年間に我が国の企業や組織がサイバー犯に支払った身代金の平均額は、日本円にして約一億二三〇〇万円です。シージャックなどという大がかりで失敗するおそれが強い方法を選ばずとも、金払いのいい数社のシステムにランサムウェアでも仕込んだほうが、ずっと手っ取り早く成功率が高い。おっと、これは我々が言ってはいけないことですね」

低い声で織田は笑った。

「そうですよ、横井副隊長や五島《ごとう》さんに叱られますよ」

織田らしくない冗談に、夏希はすこしあきれた。

「失礼しました」

まじめな声で謝る織田に、あらためて、夏希は笑いそうになった。

「ところで、対話の相手はどんな人物と分析しますか」

いつものように織田は訊いてきた。

「そうですね。文章はとても短く、ほとんど余計なことは話さない。文法も正確でこちらが迷うような文脈はない。感情はほとんど表さず、ただ意図的に脅迫するような態度を多少はとっています。いずれにしても知能が高くきちんとした教育を受けた人物ですね。性別は不明です。性別を示すような言辞は見られませんでした。また、年齢も成年であることしか見当がつきません。自分を覆い隠しているというような意図的なものは感じませんでした」

捜査会議と違って気楽に話せた。

「大変参考になります。対話の相手が江川や狭間でないことは確実と言っていいでしょう。ボスは誰なのか。こちらでも捜査を進めたいと思います。またメッセージが来る可能性は高いですし、こちらからも呼びかける必要が出てくるかもしれません」

織田はていねいに話した。

「了解しました……待機しております」

夏希はあらためて、自分の重大な責務を感じていた。

「よろしくお願いします。それから真田さん、部屋からは出ないようにしてください。お疲れさまでした」

織田は電話を切った。

船はゆるやかにローリングしている。

舷側《げんそく》に当たる波の音も高い。

陽ざしは少しだけ傾いてきた。

爆弾がブラフという保証はない。

夏希の緊張は高まっていた。

【4】

講堂の時計は四時半をまわっていた。

あと一時間もしないうちに、中華街は野毛山《のげやま》方向からの西陽に照らされていることだろう。

こういうときに限って時計の針はどんどん進んでゆくように石田には感じられる。

織田の夏希への電話がすんで、捜査本部には一時的な沈滞ムードが漂っていた。

残された時間は七時間半だ。

だが、現時点では捜査本部に有力な情報はなにひとつ集まっていなかった。

江川と狭間周辺の捜査も進展してはいない。

乗員・乗客名簿のチェックは進んでいるが、犯歴照会でヒットした者は存在しなかった。シージャック事件自体を外部に漏らすことができない以上、家族などへの聞き込みも困難だった。

五時に近くなった頃、廊下がやけに騒がしくなった。

黒っぽいスーツ姿の男たちがドヤドヤと入ってきた。

総勢二〇名ほどだろうか。

「え？　え？」

思わず石田は声を出していた。

見知らぬ顔ばかりだ。

織田が県警内のほかの部署に応援を頼んだとは思えなかった。

いったいこの男たちは何者だろう。

「あっ、小早川《こばやかわ》さん……」

石田は独り言を口にした。

スーツ姿の男たちのなかに、警備部管理官である小早川秀明《ひであき》の姿を見かけた。

秀才っぽい容貌《ようぼう》とは裏腹にドルオタの側面を持っているキャリア警視である。

階級がずっと上なのだが、年齢はそう違わないし、石田は小早川に親しみを感じていた。

「本多《ほんだ》警備部長が臨席されます」

小早川管理官が声を張ると、講堂内の全員がいっせいに起立した。

石田ももちろん立ち上がって姿勢を正した。

「ご無沙汰《ぶさた》しています。本日付で刑事部長を拝命しました。神奈川県警とは一緒にお仕事する機会は多かったですが、部長としては新参者です。なにとぞご教導くださ い」

笑みを浮かべて織田は丁重に頭を下げた。

「織田くんが神奈川県警に来ることは聞いていた。まぁ、よろしく」

傲然《ごうぜん》とした態度で本多警備部長は幹部席のまん中に座った。

織田と加賀町署の署長、さらに年輩の私服警官一人が次々に幹部席に腰を掛けた。

年輩の男はおそらく警備部の課長級の警視だろう。

どこかで見た記憶がある顔だ。

幹部席がなくなったので、福島一課長が遠慮して管理官席の端に移った。

もともと小さな捜査本部だったのだ。

隣には佐竹管理官、さらに小早川管理官が着席した。

このふたりの組み合わせは何度も見た覚えがあった。

刑事部主導でもテロの性質があるとみて、警備部は小早川管理官を捜査本部に送り込んできた。

うろ覚えだが、本多信彦《のぶひこ》警備部長は黒田前刑事部長の二期上で階級も警視長だったはずだ。

黒田前刑事部長は大学で心理学を学んだ分、入庁年齢が高いと聞いたことがある。

警視正の織田からすると、頭の上がらない大先輩ということになろう。

四角い顔に太い眉《まゆ》。目は細いが、鼻も口もがっしりと大きい。

四〇代半ば過ぎのはずだが、ずんぐりと太っているせいか歳よりも老けて見える。

本多部長が乗り込んできたということは、警備部が今回のシージャック事件を主導するという意思表示に違いない。

小早川管理官が立ち上がった。

「警備部管理官の小早川です。松平県警本部長は本日午後に発生した事件をテロと判断されました。我々警備部に出動命令が下り、本多警備部長と市橋《いちはし》警備課長が臨席なさいました。本多警備部長、よろしくお願い申しあげます」

慇懃《いんぎん》な調子で小早川が本多警備部長を紹介した。

もうひとりの市橋警備課長はいつぞや、傷害罪の冤罪《えんざい》をこうむって報道された人物だった。

それで石田の記憶に残っていたのだ。

「諸君、本件がテロと認定されたことはいま話のあった通りだ。そこで《ラ・プランセス》シージャック事件指揮本部を起《た》ち上げる。いまここにいる刑事部の全捜査員は我々の指揮下に入ってもらう」

朗々とした声で本多警備部長は言い放った。

石田はムッとした。

「ちょっとお待ちください」

織田がきつい声音で言いながら立ち上がった。

「なんだね、織田くん」

本多警備部長はジロッと織田を見た。

「ここは強盗致傷事件の捜査本部です。我々刑事部が警備部の指揮下に入るのは納得できません」

毅然《きぜん》として織田は言った。

「テロなんだから、我々警備部が仕切るのは当然だろう」

本多警備部長は食ってかかるような調子だった。

「しかし、シージャックが発生したのは浦賀水道を出たあたりの海域です。本来ならば海上保安庁が主管すべき事案であって、我々神奈川県警は手が出せないところです。我々が捜査を許されているのは、あくまでも今朝、中区太田町で発生した強盗致傷事件の捜査をしているからです。当該事件の被疑者はシージャック犯一味の江川英介です。また、一昨日《おととい》片瀬江ノ島駅付近で発生した傷害事件の被疑者である狭間秀一も一味です。江の島署刑事課の捜査員二人が狭間を追いかけて《ラ・プランセス》に乗船しているのです」

言葉を極めて織田は力説した。

「その話は聞いている。しかし、刑事部の捜査は進展していないではないか。警備部の指揮下に入るのは不満なのか」

唇を歪《ゆが》めて不愉快そうに本多警備部長は訊《き》いた。

「不満ということではなく、捜査の根拠は強盗致傷事案にあります。端緒も刑事部が扱いました。さらに現在、第三管区海上保安本部とも協働関係を構築できております。それをここで警備部が主導するのは無理があると思います」

珍しく織田は強弁している。

午前中からずっと事件を追っている刑事部の捜査員に、いきなり指揮下に入れと言うのも乱暴な話だ。刑事部捜査員たちの士気はただ下がりするに違いない。

どこの都道府警本部でも、警備部は自分たちをエリートと認識している。国家を守っている警察官だからだ。もちろん最終的には国民を守るための警察組織には違いない。だが、向いているベクトルが異なるのだ。警備警察は一般市民を守る刑事警察をどこか見下しているところがある。

最初は小早川管理官にもそうした傾向が見られた。

だが、たくさんの事件を一緒に解決した現在、小早川管理官には刑事部に対するたしかな敬意がある。そう石田は信じていた。

その小早川は管理官席で口をつぐんだままだ。

あたりまえだ。本多警備部長に対して小早川管理官が異論を唱えられるはずもない。

ふんと鼻を鳴らして本多警備部長は口を開いた。

「いいかね、シージャック犯は一〇名以上の暴力集団であり、爆弾を仕掛けて五億円という途方もない金額を身代金として要求している。これはまさしく国家に対するテロ行為である。なんらかの政治的な目的を持っている可能性も大きい。ただの身代金誘拐事件ではない。警備部が主導するのはあたりまえのことではないか」

目を怒らせ一歩も引かぬ気配だ。

「わかりました。それでは刑事部は刑事部で独立することに致します」

平然と織田は言い放った。

「ここから出ていけというのか」

本多警備部長の声は乾いた。

「まさか……そんなことを申すわけがありません。ただ、同じこの講堂内に警備部の指揮本部と刑事部の捜査本部が同時存在し、協働するというのではいかがでしょうか」

織田はおだやかな声で、はっきりと言葉を発した。

「勝手にしろ」

ヤケクソのように腕を組んで本多警備部長はそっぽを向いた。

粘りに粘って、織田は刑事部の意地を通してくれた。

これは体面の話ではない。刑事部捜査員の誇りの問題なのだ。

石田は新しい刑事部長に織田を迎えられたことに大きな喜びを感じていた。

「ところで、警備部ではSATの投入を考えている」

本多警備部長は織田に向かって宣言するように言った。

SATは対テロ作戦を担当する警備部の特殊急襲部隊である。ハイジャック対応もSATの担当となっている。こちらもSSTと同様に厳しい訓練を受けているプロ隊員たちである。ヘリコプターからのリペリング降下訓練ももちろん受けている。

「それはおやめになったほうがよろしいかと思います」

織田はやんわりと諭した。

「なぜだ」

本多警備部長は嚙《か》みつきそうな顔になった。

「すでに三時頃に関西空港の海上保安航空基地から特殊部隊SSTが現地に向かっています。《ラ・プランセス》周辺海域にそろそろ到着する時刻かと思われます」

急襲作戦の準備はまもなく整うだろう。

「だったらなおのこと、SATを繰り出すべきだ。手柄をぜんぶ海保に持っていかれてしまうぞ」

いらいらした調子で本多警備部長は言った。

「しかしSATはSSTと違ってシージャックは専門領域ではありません。それにSSTの担当している空域にヘリを入れると危険が生じます」

嚙んで含めるように織田は言った。

「君は警察と海保のどっちの職員なんだね」

本多警備部長の口調は皮肉なものだった。

「むろん僕は警察官です」

きっぱりと織田は答えた。

「君の意見は聞いた。SATを使うかどうかは警備部長のわたしが判断する」

本多警備部長は織田のアドバイスを突っぱねた。

そのとき、メッセージの着信アラートが響いた。

——我々の航路のまわりをヘリが飛んでいるではないか。あれは海上保安庁だろう。

青白の塗り分けでわかる。すぐに遠ざけろ。

このメッセージも講堂前方の大型液晶モニターに表示された。

「あれはなんだ」

本多警備部長がけげんな顔で訊いた。

「犯人からのメッセージです」

答えながら、織田はあわててメッセージへの回答を打った。

――承知しました。海上保安庁に連絡します。しばらくお待ちください。

織田には夏希に回答させる余裕はなかったようだ。

織田はスマホを耳に当てた。

「朝長部長、いまの犯人からのメッセージはそちらでも共有できていますよね。海保のヘリを遠ざけて頂けませんでしょうか。人質の生命が危険にさらされています」

相手はしばらくなにか喋《しゃべ》っていた。

「了解しました。よろしくお願いします」

織田が電話を切ると、アラートとともに次のメッセージが表示された。

――空と海の見張りを強化する。《ラ・プランセス》の上空にヘリや飛行機が近づいたり、近辺に船舶が近づいたりしたら人質をひとり殺す。これは最終警告だ。二度とは許さん。

――本当に申し訳ありません。どうかお許しください。


それきり犯人のメッセージは途絶えた。

しばらくすると織田のスマホが振動した。

「そうですか、わかりました」

織田は電話を切ると、本多警備部長に向かって口を開いた。

「海保のヘリは八丈島空港に待機するために針路を変えるそうです。急襲作戦は日没後に高速艇による強行接舷《せつげん》を使う方法を計画し直すそうです。本多警備部長、SATを投入することは見合わせたほうがいいです」

静かな声で織田は告げた。

「わかった。しばらくようすを見よう」

本多警備部長もうなずくしかなかった。

沙羅の危険が去ったことに、石田はとりあえず胸をなで下ろした。

日没まで一時間を切った。

窓から見える空は染まり始めていた。

第四章　確　信

【1】

——空と海の見張りを強化する。《ラ・プランセス》の上空にヘリや飛行機が近づいたり、近辺に船舶が近づいたりしたら人質をひとり殺す。これは最終警告だ。二度とは許さん。

夏希は表示されたメッセージに身震いした。

ヘリには二度と近づいてほしくない。沙羅の身に危険が迫る。

「時が来た」

加藤は立ち上がった。

「おい、北原、行くぞ」

力強い声で加藤は言った。

「は、はいっ」

北原は舌をもつれさせながら答えてぴょんと立ち上がった。

「カトチョウ、よろしくお願いします」

いくらか青ざめているが、北原の目には澄んだ光が見えた。

「ああ、ようやく俺たちの出番が来た」

加藤の全身から強いオーラが放たれているように思えた。

「真田は部屋から出るな。俺たちはブリッジに向かう。いいな」

加藤の顔つきは厳しかった。

「はい。あの……」

夏希がとまどっていると、あっという間に加藤たちは部屋を出ていった。

取り残された夏希を大きな不安が襲った。

夏希は織田に電話を掛けた。

「真田です。加藤さんが『時が来た』と言って、北原さんとブリッジに向かったんですが……二人とも拳銃《けんじゅう》は持っていないんです」
言葉にすると、ますます不安が募る。
「加藤さんを信じましょう。真田さんは絶対に部屋を出ないでください」
それだけ言うと織田は電話を切った。
さすがにかけ直す気にはなれなかった。
五分、いや一〇分経っただろうか。
夏希はひとりで待っていることに耐えられなくなった。
危険なことはじゅうぶんに承知している。
恐怖心はあるが、状況がわからないで待つことはガマンできなかった。
微力でも加藤や北原の力になりたい。
沙羅たちを救い出したい。
自分の頰を叩《たた》いて夏希は気合いを入れた。
夏希は衛星携帯の端末をサイレントモードにして上着のポケットに突っ込んだ。
犯人とのメッセージの送受信は、ここから先は織田にまかせればいい。
加藤を追ってゆくと織田に言えば、絶対に反対される。
夏希は黙って行動することに決めた。

ゆっくりとノブに手を掛けて手前に引いた。

ドアは音もなく開いた。

足音を忍ばせて、夏希はブリッジへ続く階段の方向にゆっくりと進んだ。

「あっ」

階段の手前で思わず夏希はちいさく叫んだ。

青い作業服を着た男が廊下の配管パイプに縛りつけられて猿ぐつわを噛《か》まされている。

夏希がレストランから部屋に戻るときに、このあたりで見張り役をつとめていた男だ。

身をよじってうんうんとうなっている。顔には殴られたようなあざがいくつかできていた。

男を縛っているのは消火栓ホースを途中で切ったものだった。

猿ぐつわもホースだった。

加藤たちのしわざだ。彼らはナイフを持っていたようだ。

消火栓のノズル部分は見あたらなかった。

意味はないのかもしれないが、夏希は身体を折るようにして身を低くしながら階段を上った。

Aデッキまで行くと、廊下の隅の配管パイプに、やはり同じ青い作業服の男が縛りつけられて猿ぐつわを噛まされていた。

加藤たちは手早くABデッキの見張りを片づけたらしい。

展望デッキに上がると、夏希は船首に近い高級船員の居住区へと足を踏み入れた。

居住区にはなぜか人気《ひとけ》が感じられなかった。

ここだけでも八人くらいの船員がいるはずだが、しんと静まりかえって音が聞こえない。

夏希は船長室の前で立ち止まった。

ようすを窺《うかが》っていると、さっとドアが開いて室内に引き込まれた。

羽交い締めにした男は、ぶ厚い掌《てのひら》で夏希の口をふさいだ。

心臓が大きく収縮する。

「俺だ。加藤だ」

耳もとで低い声が聞こえた。

全身の力がくたっと抜けた。

加藤は夏希から身を離した。

「大声出したら、すべて台無しだぞ。敵が一度に下りてくる」

笑みを浮かべながら、加藤は静かに笑い声を上げた。

「心臓が止まるかと思いました」

夏希は口を尖《とが》らせた。

「高級船員たちは居住区にはいない。向かいの機関長室も空だ。航行に必要な者以外はどこかに閉じ込められているような気がする。ブリッジでは若林船長と操舵手《そうだしゅ》、甲板手の三人のクルーが操船に従事している。そのほかに小堀と牧村さんが床に座らされていて、江川と狭間、手島の三人が拳銃を手にしてそれぞれに銃口を向けている」

夏希の抗議は無視して、加藤は現在のデッキのようすを説明してくれた。

「加藤さん、どうしてそんな詳しく知っているんですか」

不思議に思って夏希は訊《き》いた。

「さっきこっそり偵察してきたんだ。この船のブリッジにはドアがないんだな。緊急時にさっと出入りするためなのだろう。江川たちは人質を見張るのに精いっぱいで俺には気づかなかった」

さらりと加藤は言った。

「Aデッキと Bデッキの見張り役は縛られていましたね」

夏希の言葉に加藤はかるくうなずいた。

「ああ、AデッキとBデッキには、もう一人ずつ見張り役がいたようだが、展望デッキ後方で空と海の見張りについている。犯人が見張りを強化するって言ってただろ?」

「はい、犯人はヘリや高速船を警戒しているんですよね」

「犯人がいちばん警戒しているのは、ヘリコプターから急襲隊員が降下してきて、ブリッジの窓から、あるいはブリッジ内に突入して銃撃されることのはずだ」

「ヘリコプターにはとくに神経を使っているわけですね」

「レーダを覗《のぞ》いているのは船員だからな。機影を発見してもわざと見落としたフリをするかもしれない。犯人としては信用できないのだろう。まぁ、この船のレーダにヘリが映るのかどうかは知らんけどな。いずれにしても外の見張りを強化するんだから、船内の見張りは弱体化するってことさ」

加藤は笑みを浮かべて答えた。

「『時が来た』って言っていたのはそれだったんですか」

ちょっとはしゃいだ声が出てしまった。

「そういうことだ」

「なるほど。納得です」

夏希は大きくうなずいた。

「C・Dデッキや機関部にも見張りはいないはずはないが、確認できていない。ただ、何階も下だから、俺たちがブリッジで暴れたとしても気づくはずはない」

加藤の言葉には自信が満ちていた。

「見張り役は、僕と加藤さんの二人で倒したんです。展望デッキの見張り役は、ほらそこに」

北原が愉快そうに船長室の奥を指さした。

「きゃっ」

白い配膳《はいぜん》スタッフ姿の男が縄で縛られて転がっていた。

この男はタオルで猿ぐつわをされていた。

「見張り役の連中が持っていた拳銃はニセモノだ。エアガンなんだよ。だから、俺ひとりでも簡単に倒せた。江川や狭間は違うだろうが、見張り役はみんな暴力慣れしてない連中だと思う。まぁ、闇バイトかなんかで集めた若僧じゃないかな。そんなに恐れることはない。問題はブリッジにいる三人だ。あいつらは暴力慣れしているし、拳《けん》銃《じゅう》もおそらくホンモノだ。相当注意してかからないと返り討ちに遭う。しかもブリッジには小堀と牧村さんの女性二人のほかに船長と船員がいる。彼らを撃たれたら万事休すだ」

厳しい顔つきで加藤は言った。

「メッセージを送っていたのは誰なんでしょうか」

現時点ではそれらしき人物は浮上してきていない。

「さぁ、わからん、あの手島って男じゃないのか」

加藤は首をひねった。

夏希はなんとなく違和感を覚えていたが、いまは後回しの問題だ。

「さぁ、これからブリッジを急襲する。人質を解放するんだ」

気合いのこもった加藤の声だった。

四方八方に光の矢が放たれているような抜群のオーラだった。

「はい、力を尽くします」

言葉を終えた北原は、唇を噛みしめて両の拳《こぶし》をボクサーのように構えた。

北原がこんなに頼もしく見えたのは初めてだ。

「わたしも連れて行ってください」

夏希は言葉に力を込めた。

「真田はここで待ってろ」

　加藤の声は厳しかった。

「小堀さんを助けたいんです」

　懸命な思いを夏希は伝えたかった。

　一瞬、黙った加藤だったが、パッと明るい顔に変わった。

「よっしゃ、死なばもろともだ」

　陽気な声で加藤は笑った。

「カトチョウ、縁起でもないこと言わないでくださいよぉ」

　北原は眉根《まゆね》を寄せた。

「悪い悪い、一緒に死線を越えよう」

　加藤はまじめな顔で言った。

「それもまずいんじゃないですか」

　失笑しながら北原は異を唱えた。

「面倒くさい男だな。死線を越えるってのは生きて帰るんだからいいだろ」

　わざと加藤はしかめっ面で応じた。

「デリカシーってもんがないんですか。長年刑事なんてやってるとこんなになっちゃうんですかね」

北原はあきれ声で言った。

「おまえに刑事やめてもらっても俺はまったくかまわないぞ。帰ったら課長に言っとくか。北原は地域課に戻りたいらしい。交通課でもいいってな」

ニヤニヤしながら加藤はからかった。

「ま、待ってくださいよ」

北原はわざとあわてたフリをした。

加藤は声を立てて笑った。

この雰囲気、どこかで見たことがあると夏希は思った。

島津《しまづ》冴美《さえみ》が率いるSISの隊員たちは、生命《いのち》がけの現場に向かう前に明るく陽気だった。

精神的に強靭《きょうじん》で、感情の抑制ができなければ務まらない任務だと思っていたが、加藤も劣るところはない。

北原は素晴らしい指導役に恵まれた。

きっとよい刑事に育っていくだろうと夏希は思っていた。

＊

ブリッジへの階段はたった八段だが、その一段を上るのが大変だった。

鉛の球が鎖でつけられているように足が重い。

心臓がすごいスピードで血液を送り出している。

脈搏《みゃくはく》は一分間に一八〇を超えているような気がする。

前を歩く北原のひろい背中に夏希は隠れたかった。

やがて加藤や北原の身体の隙間からブリッジの内部が見えた。

ブリッジは思ったより狭かった。

全幅は一〇メートルを切っているだろう。奥行きは七メートルほどだ。

クラシカルな船室やレストランと違って新しい設計のようだ。

中央部分には操船の中心となるメインコンソールエリアがある。

夏希が知っている操舵《そうだ》室の雰囲気ではなく飛行機のコックピットのようだ。

黒いレザー張りのダッシュボードのような部材でぐるりと囲まれたスペースの前方には液晶モニターや計器類が並んでいる。

革張りの椅子が左右に並んでいて、二人の船員が座っていた。右の男性が小さな舵《だ》輪《りん》を握っている。クルマのステアリングくらいの大きさで、当然ながらパワーアシストで動かせるのだろう。近くにはジョイスティックが何本か生えたように設けられていた。

二人とも薄青の作業服のような制服を着ているので一般船員に違いない。右が操舵手、左が甲板手なのだろう。甲板手はモニター画面を見入っている。

このコックピットの後ろに少し豪華なレザー椅子が一脚設けられているスペースがあって、若林船長が座って前方を見ていた。船長や航海士の席に違いない。この席の前方にも液晶モニターがあった。

若林船長の後頭部に拳銃の銃口を向けているのは、ホールスタッフ姿の手島だった。さらにその後ろで沙羅と真亜也が床に座らされていた。

二人は現在は縄で縛られてはいない。だが、両サイドの椅子に座った江川が真亜也に、狭間が沙羅に銃口を向けていた。

加藤と北原は無言でブリッジに足を踏み入れた。

二人はそれぞれ消火栓ノズルを持っていた。

ブリッジに入った瞬間だった。

加藤は江川に、北原は狭間にノズルを投げつけた。

ブインと風音が鳴った。
江川も狭間も避《よ》けようと身を躱《かわ》したが、間に合わない。
ノズルは狙い過たずに二人の腹と胸に当たった。
「うわっ」
「ぐへっ」
二人は椅子から転げ落ちてしまった。
拳銃は二丁とも床を左の方向に滑ってゆく。
船はわずかに左舷《さげん》側に傾いているのだ。
船長席の後ろで振り返った手島が、拳銃の狙いを加藤に定めた。
夏希はおもわず肩をすくめた。
その刹那《せつな》だった。
「ハード・ア・ポート！」
加藤が大音声《だいおんじょう》で叫んだ。
次の瞬間、《ラ・プランセス》は左舷側に大きく傾いて左に急回頭し始めた。
船は大きく傾いている。
操舵手が加藤の号令の意味を理解して取り舵いっぱいに切ったのだ。

夏希はそばの手すりにつかまってなんとか倒れずにすんだ。

手島はその場でどうっと倒れた。

拳銃《けんじゅう》は五メートルくらい左にすっ飛んだ。

「野郎ーっ」

加藤はケダモノじみた声を上げながら手島に飛びかかってゆく。

あっという間に加藤は手島を倒して後ろ手に手錠を掛けた。

「ちくしょうっ」

手島はうつ伏せに転がされた。

「放しやがれっ」

北原も江川に手錠を掛けてうつ伏せに転がした。

沙羅は狭間の右腕をひねって相手の動きを封じた。

「クソ女めっ！　痛《い》てっ、痛ててっ」

操舵室の端に巻いてあった予備の電源コードで、沙羅は狭間を縛り上げた。

三人の刑事たちはものの三分で、ブリッジの犯人一味を制圧した。

この船の乗員・乗客の生命は救われた。

沙羅もケガひとつないようだ。

夏希の身体の奥底から喜びが湧き上がってきた。
そう言えば、加藤は横浜水上署での勤務経験があるのだ。
「ありがとう！　本当にありがとう！」
若林船長が歯を見せて笑みを浮かべている。
操舵手と甲板手は椅子に座ったまま ちいさく拍手を送っていた。
解放された真亜也が立ち上がった。
「え？」
夏希は違和感を覚えた。
真亜也の顔に笑みがない。
暗く険しい顔つきはなんのためだろう。
真亜也は床に落ちていた拳銃を拾い上げた。
素早く構えた銃口は夏希に向けられていた。
夏希の頭は一瞬混乱した。
だが、すぐにその意味を理解した。
「江川、狭間、手島の三人を解放しなさい。さもないとこの女を殺すよ」
低く迫力のある声で真亜也は脅しつけた。

加藤も北原も沙羅も船員たちも凍りついたように動かない。

夏希の全身を震えが襲った。

視界がグルグル回っている。

足がすくんで動けない。

だが、言うべきことは言わねばならぬ。

「言うことを聞いちゃダメ」

夏希は裏返った声で叫んだ。

「ふざけた女だね。わたしが空脅しをしていると思ってんだろ」

真亜也はいらだちを隠さなかった。

周囲は静まりかえって波の音が遠くに聞こえる。

「この人の言うことを聞いたら、またみんなが人質にされちゃうんだよ。それでもいいの？」

夏希は震える身体を必死に抑えて声を出した。

「おまえを本当に殺す」

冷たい氷のような声で言って、真亜也は夏希を睨《にら》みつけた。

真亜也は拳銃の撃鉄に手を掛けた。

目の前にチカチカと赤と緑の光が明滅する。
頭が激しく回されているような錯覚を覚える。
耳もとで嫌なうなり音が聞こえている。
自分の生命が終わることを夏希は覚悟した。

【2】

目はつぶらない。
夏希は最後に意地を張っていた。
こんな死は納得できない。
目の前で銃口を向ける真亜也を力を込めて睨みつけていた。
真亜也の表情は少しも動きはしなかった。
トリガーが引き絞られてゆく。
次の瞬間、自分はこの世から消える。
誰もが息を呑《の》んでいる。
驚くほど静かな時間だった。

かすかな波音と機関音が聞こえる。

そのとき、黒い影が目の前を横切った。

影は真亜也の右足を蹴飛《けと》ばした。

「うぎゃ」

真亜也は左方向に勢いよく倒れた。

拳銃は同じ方向にすっ飛んでいった。

夏希はすーっと全身の力が抜けるのを実感していた。

「抵抗するな」

野太い男の声が響いた。

男は真亜也の右腕を後ろからねじ上げた。

「ぐおおっ」

うめき声を上げて真亜也は苦しがった。

この技は警察官の逮捕術だ。

生命の恩人は警察官なのだろうか。

「観念しろっ」

手錠が鳴る音が響いた。

かなり先に飛んでいった拳銃は、北原が拾い上げていた。

「おいっ、身体を起こせっ」

男は真亜也の上体を起こした。

真亜也は怒りに燃えた目で男を見ている。

「ありがとうございました。おかげで生命《いのち》びろいしました」

夏希は震え声で頭を下げた。

「危ないところでしたね。真田さん」

にこやかな声が返ってきた。

面長の輪郭にはっきりとした目鼻立ち。薄めの唇……。

「お、大沢さん？」

出航のときに展望デッキで話した大沢基隆に間違いなかった。

ジャケットは脱いでいるが、ライトブルーのシャツにデニムのコーデもあのときと変わらない。

五メートルほど離れたところで沙羅も目を大きく見開いている。

「あなたは警察官だったのですか」

驚かざるを得なかった。

「バレてしまいましたね」

大沢ははにかむように笑った。

体格はいい大沢だが、警察官らしいいかつさは少しも感じられなかった。

「真田さんっ」

叫び声とともに、沙羅が小走りに近づいてきた。

「小堀さんっ」

二人ともお互いの名前を呼ぶことしかできなかった。

夏希と沙羅は固く抱き合った。

自分の目から涙があふれるのを夏希は防げなかった。

沙羅の頰にも涙が伝っていて、夏希の肩にこぼれ落ちた。

いつまでも感傷に浸っているわけにはいかない。

「帰りの航路でモエいっぱい飲もうね」

涙を拭《ぬぐ》いながら夏希は言った。

「ええ、ガンガン飲みましょう」

泣き笑いの表情で沙羅は答えた。

この瞬間をどれだけ待ち焦がれていたことか。

信じてもいない神に、夏希は感謝した。

コックピットの方向からゆっくりと若林船長が歩み寄ってきた。

「船長、長時間お疲れさまでした。銃口を突きつけられての操船指揮、大変でしたね」

代表して加藤がねぎらいの言葉を掛けたので、夏希たちもいっせいに頭を下げた。

「わたしの苦労などたいしたことはありません。加藤さんたちのおかげで皆が救われました。乗員・乗客を代表して厚く御礼申しあげます」

若林船長は恭敬な態度で深く頭を下げた。

「船長、まだ完全に解決してはいません。見張り役についていた者が五人くらいは残っています。また展望デッキにも見張り役がいます、そいつらを確保しなければなりません」

厳しい顔つきに戻って加藤は言った。

「CデッキとDデッキ、さらに機関部にいた五人はもう拘束しましたよ。五人とも雑《ざ》魚《こ》でした」

気楽な調子で大沢が言った。

「そうか、五人だったんだな、すると残りは後部展望デッキの二人だけか」

眉間《みけん》にしわを寄せて加藤は言った。

「そいつらもすでに拘束されていると思います」

謎のような言葉を大沢は口にした。

「どういう意味だ」

けげんな顔で加藤は訊《き》いた。

「あ、解決できたようです」

大沢は明るい声を出した。

右舷《うげん》側の入口から白い制服を着た女性が入ってきた。

「八代さんっ!」

夏希は大きな声で叫んでしまった。

パーサーの尚美だった。

尚美はにっこりと夏希に笑いかけたが、まっすぐに大沢が立つ場所に向かった。

「後部展望デッキの二名の見張りは身柄を確保しました。両名はデッキの手すりに縛りつけてあります」

几帳面《きちょうめん》な感じで尚美は大沢に報告した。

「ご苦労さん、こっちは片づいたよ」

大沢は笑顔で答えた。

「お疲れさまでした」

尚美はきちんと頭を下げた。

「八代さんも警察官だったのですね」

夏希は尚美の顔を見ながらしみじみとした声で言った。

「はい、身分を隠していてごめんなさい」

尚美はちょっと困ったような顔で言った。

若林船長は笑顔でうなずいている。

加藤は驚いたように尚美を見て、納得したような表情を見せた。

詳しくはわからないが、この船で尚美は潜入捜査をしていたようだ。

だから、あの騒ぎのときも機敏に動くことができたのだ。

「あなたが衛星携帯電話を渡してくださったおかげで、わたしは神奈川県警とじゅうぶんな連絡を取ることができました」

感謝の言葉を夏希はまっすぐに伝えた。

「わたし自身は連絡できない状況でしたので、真田さんにおまかせしてしまいました」

尚美は笑みを浮かべて答えた。

「ありがとう。本当にありがとう」

夏希が頭を下げると、尚美は少し照れたように頰を染めた。

「職務ですので……あ、あの男にも手錠掛けましょうね」

尚美は狭間が縛られている場所に足早に進み、手錠を取り出して両手に掛けた。

「くそっ、なんでお巡りがこんなにたくさん乗ってやがんだよ。客船なんてチョロいって言っただろ。江川、話が違うじゃねぇか」

狭間はつばを飛ばしながら江川を難じた。

「うるせぇな。ぎゃあぎゃあわめくんじゃねぇ」

江川は目を三角にして毒づいた。

真亜也はまったくの無表情で固く口をつぐんでいる。

「では、全員確保できたんだな」

加藤は念を押すように皆に向かって訊いた。

夏希たちが存在を確認した犯人一味は全員確保できている。

「大丈夫です。Cデッキ、Dデッキ、機関部の確認はしっかり行いました」

大沢が自信たっぷりに言った。

「では、船長、乗員・乗客の皆さんに事件解決の船内放送をお願いします」

丁重に加藤は頼んだ。

「承知しました」

若林船長は自分の席に戻って、フレキシブルマイクに顔を向けた。

「船長の若林です。ただいま警察の方々のお力により、乗っ取り犯人一味は全員身柄を拘束されました。皆さまの自由は戻りました。これより本船は出港地の横浜港大さん橋へと針路をとります。大変長らくご辛抱頂きました。ご夕食などについては後ほど改めてご連絡いたします。急を要するご用件をお持ちのお客さまはお近くの乗務員までお声をお掛けください。業務連絡……全乗組員は一〇分後にエントランスホールに集合してください。ミーティングをおこないます。以上です」

若林船長が放送を終えると、階下から人々の歓声が響いてきた。

明るい顔で、若林船長は操舵手《そうだしゅ》に向かった。

「ハード・ア・スターボード！」

凛《りん》とした号令が響いた。

「ハード・ア・スターボード・サー！」

操舵手の明るい復唱が返ってきた。

《ラ・プランセス》はゆっくりと右に回頭を始めた。

両舷側が波を切る音が強く響いてきた。

オレンジ色に燃える海が窓の外で静かにまわっている。

夏希たちは自然に拍手していた。

沙羅の、加藤の、北原の、大沢の、尚美の笑顔がブリッジにひろがった。

「本部に事件解決の一報を入れよう。真田、頼むぞ」

加藤がしっかりとした口調で指示した。

「わたしですか」

「そこに衛星携帯を持っているんだろ」

「了解です」

夏希はすでに登録してある佐竹の番号をタップした。

「はい、佐竹……」

疲れたような佐竹管理官の声が響いた。

「真田です」

「真田か！　どうなってる」

佐竹管理官は別人のような力ある声で訊いた。

「全被疑者を確保しました。こちら側の負傷者はゼロです。《ラ・プランセス》は横浜港大さん橋に向けて航行中です」

夏希の声は弾んでいた。

「やったな！」

佐竹管理官の声は耳が痛いほどだった。

「はい、加藤さんや皆さんのお力です」

加藤が主役であることは間違いない。

自分が生きているのは大沢のおかげだが……。

「おーい、事件解決だ。負傷者ゼロ！」と叫ぶ佐竹管理官の声が響き、捜査本部内に沸き起こる歓声が聞こえた。

「織田です。皆さん、無事なのですね」

いきなり電話は織田に代わった。

織田の声は震えていた。

「はい、乗員・乗客は全員無事です。被疑者は軽傷を負っているかもしれませんが」

夏希はあまり感情を出さないように努めた。

「すごい！　おめでとう！　そしてありがとう！」

興奮した声で織田は叫んでいる。

「こちらこそ支えて頂いてありがとうございます」

夏希は電話を耳に当てながらしっかりと答えた。

「経緯を聞かせてくれますか」

織田の言葉には期待感が滲《にじ》んでいた。

「まだ、被疑者の扱いなどが残っています。申し訳ないですけど、いったん切りますね」

いまは織田の請いには応《こた》えられない。

「そうですか、本当にお疲れさまでした。ではまた後ほど」

静かに織田はねぎらいの言葉を口にして電話を切った。

「よしっ、こいつらをどこかへ閉じ込めよう」

加藤が皆に呼びかけた。

「機関長室ではいかがでしょうか」

若林船長が進み出た。

「しかし、外から施錠したいのです」

加藤は眉根《まゆね》を寄せた。

「大丈夫です。室内から開けられないような臨時の錠前があります」

若林船長はにこやかに言った。

「その女は別にしてもらいたいんですがね」

大沢は真亜也を指さした。

「そもそもあんた、誰なんだ」

無愛想に加藤は訊《き》いた。

「大沢基隆、警視庁公安部外事三課所属だ。階級は警部補」

平らかな声で大沢は答えた。

「八代尚美、同じく外事三課の巡査部長です」

尚美は折り目正しい雰囲気で名乗った。

「公安の外三《ソトサン》か……」

加藤はうなり声を出した。

「本当は言いたくなかったんだが、こういう経緯だから仕方がない。知っての通り、外事三課は北東アジア地域についての捜査・情報収集を行っている」

表情を変えずに大沢は答えた。

公安部は警視庁にしか存在しない。

警視庁公安部は制度上は一自治体の組織ではあるが、実質上は警察庁警備局の実働部隊であって、ノウハウも実力も抜きん出た存在である。ほかの道府県警の公安課とは明らかに一線を画している。

神奈川県警には警備部のなかに公安一課から三課があり、ほかに外事課があるが、比較にならない。

警視庁公安部の警察官と会うのは夏希にとっては初めてのことだった。

「俺たちは神奈川県警だ。俺は江の島署刑事課強行犯係、加藤清文巡査部長」

突っ放すように加藤は名乗った。

「同じく北原兼人巡査です。あらためてよろしくお願いします」

北原はにこやかにあいさつした。

「神奈川県警の所轄に先を越されるとはな」

大沢は歯噛《はが》みした。

「おまえ、感じ悪いな」

尖《とが》った声で加藤は言った。

大沢の階級など気にしていない。まぁ、加藤は夏希の階級も気にしていないが。

「そうか？」

とぼけた笑いを大沢は浮かべた。

「あんまりエリート面すんじゃないよ」

加藤は顔をしかめた。

「気に障ったのなら謝る」

大沢は如才なく頭を下げた。

素直な人柄というのではなく、感情を覆い隠すことに慣れきっていると夏希は感じた。

「あっちの二人は……」

加藤が夏希たちを紹介し掛けたが、大沢は言葉をかぶせた。

「知ってる。警察庁サイバー特捜隊の真田警部補と捜査一課の小堀巡査長だな」

さらりと大沢は答えた。

「なんで知ってるんだ」

加藤の声は尖った。

「小堀巡査長は取材を受けているんだ。八代が知らないわけないだろ」

平気な顔で大沢は答えた。

「あ、そうか、八代さんはこの船のパーサーですもんね」

北原は罪のない顔つきで言った。

「で、この女は？」

加藤は真亜也にあごをしゃくった。

「我々が追いかけていた重要参考人だ。そいつらみたいな雑魚《ざこ》じゃない。公安が取り調べさせてもらう」

大沢はきっぱりと言い切った。

「俺にも立ち会わせろ」

加藤は厳しい顔つきで要求した。

「それは断る。今後の捜査に支障が出るおそれがある」

大沢はぴしゃっと一言のもとにはね除《の》けた。

「冗談言うなよ。うちじゃあ小堀が一味に銃口突きつけられてたんだ。それに真田はその女に殺され掛けたんだぞ。ここで公安だけにまかせるわけにはいかない。俺は別件で取り調べる。これを怠れば俺は懲戒処分だ。その責任を公安さんが取ってくれるのか」

加藤は理詰めに大沢を脅している。

「わかったよ。よそで喋《しゃべ》ってもらっちゃ困ることも出てくると思うぞ」

あきらめたような口調で大沢は答えた。

「話次第だな」

「神奈川県警には関係のない話だよ」

素っ気ない調子で大沢は言った。

「それならいい」

加藤の素っ気なさのほうが上だった。

「とにかく、この女は別室で取り調べる」

大沢が再び告げると、言葉に力を込めて加藤は言った。

「了解した。適当な部屋を見つけて後で連絡してくれ。俺と北原は……」

「船長室にいて頂いてかまいません」

若林船長がやわらかく言った。

「いや、それは恐れ多いですよ。もう事件は解決したんですし、俺たちは乗せて頂いているだけの立場ですから」

加藤は頭を掻《か》いた。

「では、適当な船室を探します。八代くん、頼んでいいだろうか」

若林船長は尚美に顔を向けて訊いた。

「もちろんです。パーサーの仕事ですから。ではいったん失礼します」

尚美はさわやかに言って、挙手の礼をすると去っていった。

「さぁ、おまえたちは機関長室で横浜までの帰り航海だ。その後は加賀町署までクルマで送ってやるぞ」

加藤はふざけた口調で江川たちに言った。

沙羅も北原も声を立て笑っている。

ああ、事件は終わったんだな。夏希はしみじみと感じていた。


【3】


目の前の椅子には、手錠を掛けられた牧村真亜也が座らされている。

夏希はCデッキ後方のカードルームという八畳ほどの船室にいた。

ここは乗船客が航海中にトランプや囲碁、将棋、オセロなどをして楽しむ部屋だ。

四人掛けのテーブルが四卓と、さまざまなゲーム類が置いてある。

ひとつのテーブルの片側に真亜也が座らされ、反対側には夏希、加藤、大沢の三人が座っていた。

少し離れたテーブルでは記録係として北原がノートPCに向かっていた。このPCは船から借りたものだが、現在はネットにはつながっていなかった。

入口付近には沙羅がぽつねんと座っていた。真亜也が逃亡を企てた場合に阻止する役割を担っている。

この部屋に連れてこられてからも真亜也は口を閉じたままだった。

「これは公式の取り調べではなく、参考人聴取だ。だが、しっかりと話はきかせてもらう。でたらめを言っても無駄だぞ。ウソはすぐにバレる」

大沢は静かに恫喝《どうかつ》したが、真亜也の顔はぴくりともしなかった。

「この船では何回目の航海だったかな？」

すぐに答えられそうな質問から大沢は始めた。

だが、真亜也は口をつぐんだままで、その表情は少しも動かなかった。

しばらく大沢は答えを待ったが、真亜也の態度はまったく変わらない。

「わたしの質問にはいっさい答える気がないというわけか。では、神奈川県警さんから事情聴取してもらおう」

大沢はゆるやかに言った。

「俺からでいいのか」

加藤は目を見張った。

夏希も驚いて大沢を見た。

聴取に加藤を立ち会わせないとまで大沢は言っていたのだ。

「ああ、この女はバカじゃない。神奈川県警の質問に、無言でいても無駄だということを知っている。江川や狭間に聞けば、こいつがなにをやったかはすぐにわかる。そんなことを黙秘しても無意味だからな」

鼻先で大沢は笑った。

「いま大沢が言った通りだ。おまえが黙っていても、あの連中はすぐに口を割る。だんまりを決め込んでいてもまったく無駄だ」

加藤は静かに言った。

真亜也の顔つきには変化が見られなかった。

「神奈川県警の質問に答えなければ、おまえにとってははるかに不利な事態が待っているぞ。それを認識したほうがいい」

この大沢の言葉に、真亜也の眉《まゆ》がピクリと動いた。

大沢の脅し文句の意味が夏希にはわからなかった。

首を傾げていた加藤は、厳しい目つきで真亜也を見た。

「ではまず、氏名と、年齢、住所を言え」

明確な発声で加藤は訊《き》いた。

「牧村真亜也、三七歳。住所は神奈川県横浜市西区戸部町《にしとべちょう》七丁目……」

意外にも真亜也は素直に答えた。

北原が打つキーの音が響く。

「爆弾はブラフだろう？」

加藤は真亜也の目を覗《のぞ》き込むようにして訊いた。

「どうしてそう思うんだ？」

真亜也は加藤の顔を見て訊き返した。

「もし本当に爆弾を仕掛けたなら、二人も人質を取る必要なんてないだろ。操船のために船長一人をブリッジに連れてくればすむ話だろう。爆弾が嘘だからこそ、おまえらは警察の危機感を煽《あお》るために小堀を人質にしたんだ」

目を光らせて加藤は言った。

「まぁ、そういうわけだ……その女が警察官とは知らなかったがな」

平然と真亜也は答えた。

「で、おまえはなんのためにこの船を乗っ取ったんだ」

加藤はもっとも重要なことをさらっと訊いた。

「身代金だよ。決まってんじゃないか」

ふて腐れたように真亜也は答えた。

「入金された暗号資産をどうやって手に入れるつもりだったんだ？」

平らかな口調で加藤は尋ねた。

「台湾に協力者がいる。暗号資産はその者が現金化してあとで山分けする予定だった。わたしもこんな売れない歌手暮らしに飽き飽きしてたからね。台湾から南米にでも逃げていい暮らしをしようと思ってた」

「台湾か……」

加藤は低くうなった。

日本が犯罪人引渡条約を結んでいる国はアメリカ合衆国と大韓民国《だいかんみんこく》しかない。仮に一味が中華民国で逮捕されたときには、その先の警察の扱いは難しいことになる。

「身代金をせしめたら、どうやって船から逃げるつもりだったんだ」

これは最初から知りたかったことだ。

「協力者が手配したヘリに迎えに来てもらうことになっていた。人質を連れたまま、この船のテンダーを出させて、ある場所で合流する予定だった。わたしが連絡を入れてないからヘリはまだ台北《タイペイ》を出ていない」

「ずいぶんと大がかりな計画なんだな」

畳みかけるように加藤は訊いた。

「だから五億も必要だったんだ。わからないのか、今回のことは相当大がかりに仕組んだんだ。準備資金もずいぶん使った。元を取らなきゃならないわけだ」

真亜也は薄ら笑いを浮かべた。

「一味のほかの者、たとえば江川や狭間もヘリに乗せる気だったのか」

全員が乗れるのは大型ヘリしかないだろう。そんな大型機を簡単に用意することはできまい。

加藤の問いに真亜也は失笑した。

「バカな……あの連中は使い捨てだ」

開き直ったように真亜也は答えた。

夏希はあっけにとられた。

「江川と狭間は仲間じゃないのか」

加藤も目を見開いて驚いている。

「あいつら、それぞれにマズい状況だったから、わたしの話に飛びついてきたんだ。

報酬は一〇〇〇万と言って誘ったんだ。江川のヤツはマヌケだから猟銃も用意できなかった。狭間のバカは大事な本番直前にケンカしてあんたらに追いかけられたんだろ。どうしようもないヤツらだ。ロクな連中が集まらなかったよ」

真亜也は低い声で笑った。

「見張り役をやってた連中はどうやって集めたんだ？」

「手島に探させた。ネットで募集した素人ばかりだ」

つまらなそうに真亜也は答えた。

「いわゆる闇バイトというヤツか？」

「そうだな、闇バイトだ。そもそもたいした連中ではない」

真亜也は唇を歪《ゆが》めて笑った。

加藤の推察は間違っていなかった。

「じゃあヘリに乗るつもりだったのはおまえだけなのか？」

「いや、手島と楊宥廷《ヤンヨウティン》は一緒に逃げる予定だった」

なるほど、船長に銃を突きつけていた手島はしっかりしていた。

知らない人名が出てきた。名前からすると中国人のようだ。

「楊とは何者だ？」

加藤は首をひねった。

「レストランに最後まで残した男だ。レストラン付近の詰めをやらせた」

夏希に何者だと誰何《すいか》してきた日比野のことだ。

「日本人ではないのだな」

念を押すように加藤は訊いた。

「あいつは台湾人だ。竹聯幇《ジュリエンパン》という台湾マフィアの下っ端だ。国籍をごまかして日比野と名乗ってこの船に雇われたんだ。最後はDデッキの見張りにつけたが、そこの大沢とあの八代という女にふん縛《じば》られた。もう少し骨のあるヤツと思っていたが、腰抜けだったな」

真亜也は顔をしかめた。

「手島はおまえのオトコなのか」

加藤のこの問いに真亜也は唇を歪めて笑った。

「あんなヤツ……単にわたしの部下だ。手島も日本人ではない。本名は知らないが」

吐き捨てるように真亜也は答えた。

「整理すると、おまえと手島、それから楊宥廷の三人が首謀者というわけか。それでおまえがいちばんのボスなんだな」

「あんたもくどい人だな。そう言っている」

せせら笑うように真亜也は言った。

「バンドのメンバーは仲間じゃないんだな」

加藤の問いに真亜也は首を横に振った。

「あいつらは関係ない。二人とも横浜のライブハウスでもよく組んだ連中だ。三人そろって売れないミュージシャンだよ」

真亜也はのどの奥で笑った。

「背後に付いているのは、竹聯幇なのか」

加藤は目を光らせた。

「決まってんだろう。個人でできる仕事じゃないよ」

あっさりと真亜也は認めた。

暗号資産の引き出しも、ヘリの用意も竹聯幇の役割だったのだろう。要するにこの女は台湾マフィアとつるんでシージャックを計画実行したということか。

「メッセージは誰が書いた？　この真田との対話をしたのは誰だ？」

加藤の問いは、夏希も訊きたいことだった。

「ああ、あの相手はあんただったのか……この船のなかからのメッセージだとは思わなかったよ」

真亜也は低く笑って言葉を継いだ。

「全部わたしだよ」

この答えに、夏希は納得できる思いだった。

真亜也は感情を完全に抑制できる女性だ。

「だが、ブリッジには船長と操舵手《そうだしゅ》、甲板手も小堀もいただろう。その前でどうやってメッセージを書いたと言うんだ」

ちょっときつい声で加藤は訊《き》いた。

たしかにその通りだ。

「トイレに行くフリをして機関長室に置いといたノートPCで打ったんだ。そこにいる女だってトイレには行かせただろう?」

真亜也が訊くと、沙羅は黙ってうなずいた。

「最初の二通のメッセージはともかく、その後の対話は無理だろう」

理詰めに加藤は問うた。

「簡単だよ。江川がわたしにタイミングを教えてたのさ」

「教えてただって?」

加藤は目を瞬《しばたた》いた。

「江川はポケットに衛星携帯の端末を入れてマナーモードにしてたんだ。メッセージが着信すると振動する。だけど、人質はみんな緊張しているし、ブリッジは機関部の振動が意外と大きく伝わってくる。おまけに江川と端に座っていてほかの連中は少し距離があるから気づかない。振動するたびにトイレに行ったのだ」

真亜也は愉快そうに笑った。

「わたしも気づきませんでした」

沙羅が申し訳なさそうに言った。

「なぜ、おまえは自分が人質だと思わせようとしたんだ？」

根本的な疑問だった。

「だって後から足が付きにくいじゃない。わたしは最後は殺されたフリをして海に沈められたって警察に思わせるつもりだった。そうすれば主犯が誰かはなかなかわからないでしょう」

真亜也の悪賢さに夏希はあらためて驚いた。

「なぜ、三浦半島沖まで犯行声明を出さなかった？」

「そんなこともわからないの？　あんまり早くそんなもん出してしまったら、海保に捕まるでしょうが。身代金を要求するメッセージも携帯の電波が届かないエリアまで待ってたんだ」

「なぜそんなことをした？」

「もしメディアで報道されると、取材ヘリなどが集まる。そうすると、いざ急襲部隊が来たときに気づくのが遅れるからね」

「マスコミに漏らすなと繰り返していたのもそのためか」

加藤は問いを重ねた。

「やっと気づいたんだね」

真亜也はせせら笑った。

筋は通っているが、夏希はわずかに引っかかるものを感じた。

本当にそれだけなのだろうか。

世間に漏らしたくない理由がほかにもあるような気がしていた。

「横浜に着いたら、正規の取り調べをする。さらに詳しいことを教えてもらうからな。細かいことを、いまの一〇〇倍くらい訊くぞ」

加藤は質問を終えるようだった。

「覚えてたらね」

人を食った態度で真亜也は答えた。

「加藤さん、代わってもいいかね」

黙っていた大沢が加藤に訊いた。

「ああ、大筋はつかめたからな」

加藤がうなずくと、大沢は真亜也に顔を向けた。

「では、わたしから質問する」

大沢は冷静な口調で始めた。

「あんたの質問には答えたくない」

真亜也はそっぽを向いて鼻から息をふんと吐いた。

「答えたくなるようにしてやろう。君には二つの選択肢がある。ひとつはわたしの質問に素直に答えることだ。そうすれば、今回のシージャックについて、警視庁公安部からはなにも発表しない。いま神奈川県警が取り調べた内容が、世間に出ることになる。竹聯幇のことは結局摑《つか》めないだろうがな」

この言葉に、加藤の顔色が変わった。

「俺たちを馬鹿にするな。神奈川県警は総力を以《もっ》て捜査し、すべてを明らかにする。竹聯幇のことだってしっかりと調べる」

加藤は激しい口調で言い放った。

「いや、竹聯幇は関係ないんだ」

あわてたように大沢が言った。

「どういうことだ」

目を怒らせて加藤は訊いた。

「竹聯幇がバックだっていうのも、ヘリで迎えに来るとかいうのも、ぜんぶこの女の口から出まかせだ」

大沢は平気な顔でとんでもないことを言った。

「なんだと？」

加藤の声は裏返った。

「楊宥廷だって、おそらくは竹聯幇から逃げ出したあぶれ者の犯罪者だ。だから日本で隠れていたのさ。この女は大嘘つきなんだよ」

吐き捨てるように大沢は言った。

真亜也はそっぽを向いたまま表情を変えなかった。

「おい、牧村真亜也と名乗ってる女。おまえの本名はなんて言うんだ」

大沢は人さし指を真亜也に向けて大きな声で訊いた。

だが、真亜也は黙って大沢をにらんだだけだった。

「答えるわけがないか。実はわたしも知らない。だが、おまえが去年まで名乗っていた名前は知ってるぞ」

おもしろそうに大沢は言葉を継いだ。

「おまえは去年の夏までソウルでイ・サランと名乗ってたはずだな」

真亜也は目を大きく見開いた。

夏希の頭のなかは混乱してきた。真亜也は韓国人なのだろうか。

「どうだ。図星だろう。わたしたちはおまえについてすっかり調べ上げているんだ。だが、大ぬかりだ。今回の航海でシージャックすることは読めなかった。まさか江川だの狭間だの、あんな小物を使ってこんな大それたことをするとはな。もっとまともな人間を雇ってからの犯行だと思っていた。おまえの最初の航海から八代をパーサーとして潜り込ませて監視したが、なんの情報も得られなかった。本当にうまく隠していたものだ」

大沢は悔しそうに唇を突き出した。

「おまえが真実を語れば、横浜に寄港したときの身柄は神奈川県警に引き渡す。世間には加藤さんが聞き出したいまの話が出る。つまり五億円を目的とした単なる身代金目的のシージャックということですべては終わる。まぁ背後関係については捜査中という状態が続くだろう」

大沢の言葉に真亜也は眉間《みけん》に深いしわを寄せた。

「もしわたしがあんたになにも話さないとすれば？」

真亜也は真剣な顔で訊《き》いた。

「真実を隠し続ければ、おまえの身柄は警視庁公安部が預かる。さらに我々がおまえについていままで調べてきたことを、すべて大手マスメディアに対して警視庁公安部長名で公開する」

大沢の声は朗々と響いた。

「公安が調べたことだって？」

低い声で真亜也は訊いた。

「そう、おまえが北の工作員であること、さらにおまえの今回のシージャックは朴道《パク・ド》鎮《ジン》最高人民会議常任委員会委員長周辺部の命令らしいこともな」

この言葉を聞いた真亜也の顔はさーっと青ざめた。

夏希と加藤は顔を見合わせた。

北原と沙羅も同じことだった。

いったい大沢はなにを言い出したのだろう。

「朴道鎮委員長周辺部と考えられる人間からおまえに対して何度も連絡があっただろう。シラを切っても無駄だ」

真亜也の全身は小刻みに震えていた。

「シージャックの真の目的は五億円の身代金などではない。我が国からあるものを盗み出し、それを北朝鮮に持ち込もうとすることにあったのだ。もし、真実を公表すれば、日本にとってもきわめて不都合な事実が世界に対して公開されることになる。だが、おまえの母国はそんなもんじゃすまない。国際社会から大きな非難を受ける。各国が禁輸政策をとるかもしれない。そうなれば、おまえが仕えている朴委員長にも火の粉が降りかかるのではないかな。それでもいいのか?」

大沢のこの言葉に真亜也は大きな衝撃を受けたようだった。

全身の震えが目に見えて大きくなった。

だが、夏希にはどういう意味なのか少しもわからなかった。

「あんたに訊きたい。なぜ、わたしが本当のことを話してもそれを公表しないんだ」

両目をギラギラと光らせて真亜也は訊いた。

「我が政府は詳しい事実を知りたい。だが、その事実を公開したいわけではない。さっきも言ったようにこの問題は日本にとってきわめて不利な内容だ。しかし、警察は今後、二度と今回のような事態が起きないようにするための徹底的な対策を取りたいのだ」

強い口調で大沢は言った。

「なぜそんなことをわたしに訊く。被害者を調べればいいではないか」

目を吊《つ》り上げて真亜也は言った。

「経産省・資源エネルギー庁はすべてを隠蔽《いんぺい》しようとしている。そんなことは許されるはずもない。だが、警察は彼らから少しも真実を引き出せない状態だ」

大沢は不快感もあらわに答えた。

「資源エネルギー庁だって？」

加藤が尖《とが》った声で訊いた。

「そうさ、この女たちが盗み出したものは乾式プルトニウムなんだ」

ゆっくりと静かに大沢はとんでもないことを口にした。

「え？」

夏希は素《す》っ頓狂《とんきょう》な声を出してしまった。

「そんな……」

沙羅は開いた口に手を当てた。

「そういうことだったのか」

加藤はあごに手をやった。

北原はなにも言えずに目を大きく見開いている。

「安心しろ。完全密封の容器に入っている。フランスのラ・アーグ再処理工場からMOX燃料として加工され返還された二キロ入りの保管ケースを、この女たちは二個盗み出したと推定している。そのままでは放射性物質が漏れ出すようなことはない。現在はなんの危険もない状態だ。だが、四キロのプルトニウムは小型の核爆弾を作れる量だ」

信じられないことを大沢はさらりと口にした。

この船には現在、プルトニウムが積まれているというのか……。

夏希は額に汗が噴き出すのを覚えた。

「どこに隠してあるんだ？」

大沢は厳しい声音で問うた。

だが、真亜也は黙りこくっている。

「黙っていても、横浜港で船内を徹底的に捜索すれば必ず発見できるんだ。これ以上手間を掛けさせるな」

　諭すように加藤が言った。

「二重底にしたキーボードケース二個に分けて入れてある。楽器を保管しているステージ裏側の倉庫にしまってある」

　あきらめたように真亜也は答えた。

　その答えを聞いた大沢はスマホを取り出した。

「八代か？　大沢だ。ブツはステージ裏側の倉庫にある。キーボードケース二個をチェックしろ」

　指示を終えると、大沢はスマホをポケットにしまった。

「え？　携帯つながるんですか」

　沙羅が驚いて訊いた。

「いや、まだアンテナは立ってない。わたしと八代のスマホには、それぞれトランシーバーアプリを入れてある。船内に飛んでいるＷｉ－Ｆｉ電波によって二台の間で交信できるんだ」

　つまらなそうに大沢は答えた。

「そんなアプリがあるんですね。わたしも今度入れてみよう」

沙羅はしきりと感心している。

しばらくすると、大沢のスマホが振動した。

「わかった。ご苦労さん。その倉庫は完全に施錠しておいてくれ」

電話を切った大沢は、真亜也に向きなおった。

「キーボードケースにそれらしき保管ケースが入っていたそうだ。とりあえず正直に話してくれたことに礼を言う」

大沢は真亜也に向かって軽くあごを引いた。

「あんたに確約してもらいたい。わたしが話した事実を公表しないことを」

真亜也は真剣な表情で言った。

「ああ確約する。おまえがすべてを話せば、さっき加藤さんに話した通りのことを発表する。北朝鮮の名も朴の名も出さない」

大沢の言葉に真亜也はしっかりとうなずいた。

「詳しい話をする前にトイレに行かせてくれ」

真亜也はかすかに笑った。

歪《ゆが》んだその笑顔を見た夏希の脳裏に不吉な予感が走った。

詳しい話をするという真亜也の言葉も本音ではないのかもしれない。

「待って！」

夏希は反射的に叫んでいた。

「あなた死のうとしてるでしょ」

大きな声で夏希は迫った。

「なにをいきなり」

真亜也は目を剝《む》いた。

しかしこの表情も信じられない。

「小堀、身体検査をしろっ」

加藤が叫んだ。

「あ、はいっ」

沙羅は真亜也のもとに駆け寄った。

「俺たち男三人は部屋から出る」

加藤の言葉に大沢も北原も立ち上がって部屋から出て行った。

ドアの閉まる音が響いた。

「触るなっ」

真亜也は身をよじって抗《あらが》ったが、手錠で縛《いまし》められているので無駄なことだった。

「そうはいきません」

沙羅は真亜也の身体をドレスの上からまさぐっていた。

全身を探す沙羅の手つきは手慣れていた。

「これはなに？」

しばらくして沙羅はドレスの内側から銀色のピルケースを取り出した。

「くそっ。余計なことをするな」

真亜也はピルケースから顔をそむけて毒づいた。

「加藤さん、見つけました」

沙羅がドアの外へ向かって叫ぶと、加藤たち男性三人が入ってきた。

「やはり毒物が入っているのか」

加藤は沙羅からピルケースを受けとって自分の上着のポケットにしまった。

「なんで死ぬの？　あなたには歌がある」

夏希は真亜也の目を見つめて言葉に力を込めた。

「歌だって……」

ついさっきまで夏希に銃口を向けて、生命を奪おうとしていた人間に掛けるべき言葉ではない。

だが、真亜也の歌には間違いなく豊かなこころがあった。

彼女は血の通わない人間ではないはずだ。

自分の罪から真亜也は逃げるべきではない。生きてきちんと罪を償うべきだ。

それに真亜也は自分の利得のために犯罪を犯したのではない。

進む道を間違っている国家のために身を挺《てい》したのだ。

夏希は真亜也をどうしても死なせたくはなかった。

「わたしにはもう生きる道は残されていないんだ」

淋《さび》しげな声で真亜也は答えた。

「なにを言うの。あなたが死ねば、恐れていたことが起こる。大沢さんはいま知っていることをすべて公表するって言ってるじゃない。それがわからないの」

夏希は腹を立てて強い口調で言った。

「あんなのは脅しだ。公安は日本政府が傷つくようなことはしないはずだ」

真亜也は腹立たしげに叫んだ。

「そうかしらね。公安は経産省や資源エネルギー庁の隠蔽《いんぺい》工作を危惧《きぐ》しているんだよ。公安はテロを防ぐために戦っている。あなたたちのやり方をマネする人が出てくることを防ぐつもりだろうから、あなたが話す事実は公表しないでしょう」

夏希は自分自身がそう確信していた。

「その通りだ。おまえたちに次の犯罪を絶対に起こさせるわけにはいかない。プルトニウムの保管に落ち度があった。だからテロリストに奪われてしまった。このことは国際的に非難を受けるはずだ。今回の日本政府のミスは、政府内部の一部の人間だけで共有したい。しかし、まずは事実を知って、今後二度と今回のような事態が起きないようにするための徹底的な対策を取りたいのだ」

大沢は眉間《みけん》に深い縦じわを刻んだ。

「わたしが失敗した以上、もう同じ手は使えないだろう。だが、わたしと手島は実働隊のグループからふたつの容器を受けとっただけだ。そのグループの連中がどうやって盗み出したのかはわたしには知らされていない」

力なく真亜也は答えた。

この言葉は真実だろうと夏希は思った。

「どこから盗み出したんだ」

「盗み出したのは茨城県東海村《とうかいむら》だよ」

あっさりと真亜也は答えた。

「それはわかっている。フランスから返還された乾式プルトニウムは、東海村の日本原子力開発事業団のプルトニウム技術センターにしか保管されていないからな。センターのなかのどこだ」

畳みかけるように大沢は訊《き》いた。

「プルトニウム燃料開発部だ。その地下保管庫と聞いている」

悲しげな声で真亜也は答えた。

「よし、それを知っただけでも資源エネルギー庁を責められる」

大沢はうなずいた。

「だが、侵入した方法は知らない」

「それを知っている者は誰なんだ」

「わたしはグループリーダーのコードネームがC157であることしか知らない」

「そのようにして秘密を分散するのが、おまえらのやり方なんだな」

「そうだ。一人が知っている秘密はできるだけ少ないほうがいい」

「我々は必ずC157を捜し出す」

大沢はきっぱりと言い切った。

「簡単な話ではないと思う。ヒントをやる。そいつは男だ」

「なるほど。ところで、なんのためにプルトニウムが必要だったのだ？」

「それは……」

真亜也は目を泳がせた。

「ここからは公安部の推察に過ぎんが……北朝鮮ナンバー4の朴委員長は、ナンバー3の権智薫《クオン・ジフン》党組織指導部部長との政治的綱引きに勝とうとしていたのではないか。だから日本からのプレゼントを宋泰平《ソン・テピョン》総書記に贈ってその機嫌を取ることを計画した。おまえの国は近年核開発に躍起になっている。プルトニウムのプレゼントは総書記へのおべっかとしては絶大な効果があるんじゃないのか。次はフランスあたりをターゲットにするつもりだったかもしれんな」

考え深げに大沢は言った。

夏希は北朝鮮という独裁国家の不思議さを目の当たりにしたような気がした。

「そんな上のほうの話が、わたしごときにわかるわけがないだろう」

真亜也は肩をすぼめた。

「まぁいい。そのあたりは我々の仕事の範疇《はんちゅう》外にある話だ」

大沢はあっさりと言った。

「ただ……権指導部部長はいまの地位を保つべきではない。さらに多くの人々が苦しむことになる……朴委員長こそ人民の希望の星なのだ」

熱っぽい調子で真亜也は言った。

「おまえは自分の理想のために犯罪を実行したのだな。しかし、それは間違っている」

大沢はまじめな顔で言った。

「おまえら日本人になにがわかる」

荒々しい声で真亜也は叫んだ。

「ああ、わからないだろうな」

乾いた声で大沢は答えた。

しばし沈黙が漂った。

「ひとつだけ訊くぞ」

加藤は身を乗り出した。

「なんだ？」

「高級船員のなかにおまえらの仲間がいるんじゃないのか」

真亜也の目を覗《のぞ》き込むようにして加藤は訊いた。

「なぜそう思うんだ？」

「プルトニウム入りのキーボードケースも容易に持ち込んでいるし、たくさんの手下たちも平気で雇い入れている。高級船員に仲間がいるとしか思えない」

加藤は自信ありげだった。

「察しがいいな。わたしたちの計画を裏でサポートしたのは曽根だよ」

平らかな調子で真亜也は答えた。

「えーっ、チーフパーサーの？」

沙羅が叫び声を上げた。

「そうさ、わたしの命令で曽根がさまざまな細かい手引きをした」

「あの男も北のスパイなのか」

真剣な顔つきで大沢は尋ねた。

「いや、ギャンブルで借金まみれのところを金で縛っただけだ。あの男は金の力には逆らえなかったんだ。だが、ヤツを籠絡《ろうらく》するのに三ヶ月はかかった。意外と苦労したな」

真亜也は低い声で答えた。

曽根チーフパーサーは加藤と北原が乗り込んでいることを真亜也たちに知らせていないものと思われた。船員としての最後の気概なのかもしれない。あるいは真亜也たちに対する反感もあったのか……。

大沢はふたたびスマホを取り出した。

「チーフパーサーの曽根を拘束しろ。ヤツは北の一味だ。船長にも事情を説明してヤツをどこかに閉じ込めるんだ」

電話をしまうと、大沢は加藤の顔を見て言った。

「さて、加藤さん、横浜に着いたらこの女の身柄を頼む」

「北朝鮮のスパイとして扱わないのか」

驚いたように加藤は訊いた。

「とりあえず身柄は神奈川県警に渡す。あとは警察庁からの指示を待て。長官官房から答えが来るはずだ」

「わかった。それこそ俺みたいな立場の人間が考えることじゃなさそうだ」

しみじみとした口調で加藤は言った。

ひと通りの事情聴取は終わった。

「加藤さん、わたしもう限界みたい」

夏希はクタクタに疲れていた。

「ああ、真田には今回も働いてもらったな」

加藤はにこやかにうなずいた。

真亜也のことは加藤たちにまかせて、沙羅と一緒にB－37に戻った。

横浜到着は深夜になりそうだということなので、少し休むことにした。

食欲がなかったので、冷蔵庫のモエを開けて沙羅と乾杯した。

冷蔵庫に入っていたチーズとサラミが夕食となった。

顔を見合わせて二人は微笑んだ。

「お疲れさま。大変だったね、本当に」

グラスを片手に夏希は言った。

「とんだクルージングになりましたね」

沙羅は意外と元気だった。

酔いがまわってきた。

夏希はそのままベッドに倒れ込むようにして寝込んでしまった。

もがきながら海の底に沈んでゆく嫌な夢に、うなされる時間がいつまでも続いた。

【4】

夜空は晴れて無数の星が輝いていた。

目の前には赤レンガ倉庫とみなとみらいの灯《あか》りが幻のように光っている。

なつかしいこの景色に、夏希の胸に感慨が湧き上がってきた。

栈橋上には警察車両がずらりと並んで、あちこちで赤色回転灯が光っている。

出動服姿の機動隊員たちが何十人も整然と警戒の態勢を組んでいる。

隊列の近くには、たくさんの仲間たちの姿が見えた。

夏希は胸が熱くなった。

最初に一般乗船客が次々と下りていった。

乗船客たちは疲れ切っているのか、ほとんど無言のままで用意されたバスに乗り込んだ。

続いて犯人一味が下船した。

江川、狭間、手島や日比野こと楊宥廷、さらに見張り役の連中が次々に連行される。

うなだれて歩く曽根チーフパーサーの姿も見られた。

私服警官たちが、犯人たちにひとりずつ手錠を掛けて押し込むように捜査車両に乗せていった。

「真亜也さん」

赤いドレスの上に不釣り合いな黒いブルゾンを羽織って連行される真亜也の背中に、

夏希は声を掛けた。

振り返った真亜也は夏希の顔をまじまじと見た。

「きちんと罪を償って、あなた自身を見つめ直してほしい。そして、いつかあなた自身の生きる道を歩き始めて」

夏希は叫んだ。

泣き笑いのような表情で、真亜也はちいさく頭を下げて捜査車両へと消えた。

大沢と尚美が夏希たちのところにあいさつに来た。

「今回はお世話になりました」

出港時のようなにこやかな笑顔で大沢はあいさつした。

「加藤さん、真田さん、小堀さん、北原さん、ありがとうございました」

制服姿の尚美はにこやかに頭を下げた。

「大沢さん、八代さんのお二人とご一緒した時間は、とても貴重なものとなりました」

夏希はていねいに頭を下げた。

「またいつか一緒に仕事したいですね」

大沢は加藤に言った。

「公安と一緒は疲れたよ。ま、ありがとう」

加藤と大沢は握手を交わした。

大沢は迎えの警察車両に消えた。

尚美は停泊中の《ラ・プランセス》に立ち去った。

そのとき、しゅるっと黒い影が夏希の腰のあたりに飛びついた。

「アリシア！」

夏希は思わず叫んだ。

アリシアが夏希の身体に左右の前足を掛けている。

「迎えにきてくれたの？」

夏希はアリシアの頭をゆっくりとなでた。

ふぅんふぅんと鼻を鳴らして、アリシアは夏希に黒い身体を何度もこすりつけた。

あたたかいアリシアの体温が掌《てのひら》から伝わってくる。

「いやぁ。アリシアがどうしても出迎えたいって言うからさ」

リードを持つ小川祐介《おがわゆうすけ》が頭を掻《か》いた。

「ありがとね」

夏希はちょっと胸が熱くなった。

いくらなんでもアリシアがそんなことを言うわけはない。

「よかったよ、ほんとに」

小川は照れくさそうにそっぽを向いた。

黒いつぶらな瞳《ひとみ》でアリシアは夏希を見つめている。

夏希はたまらずにアリシアの全身をなで回した。

気持ちよさそうにアリシアは目をつぶった。

「無事でよかったな」

小川の隣で上杉が珍しく声を震わせている。

「上杉さんにお迎え頂けるとは申し訳ないです。こんな時間にありがとうございます」

驚きながら夏希は礼を言った。

「まぁ根岸《ねぎし》は近くだからな」

照れたように上杉は答えた。

「夏希さん……ほんと……よかった」

五条紗里奈《ごじょうさりな》も泣き出しそうな顔をしていた。

「うん、もう大丈夫だよ。ありがとう」

やさしい声で夏希は答えた。

「真田先輩、小堀さん、お帰りなさい」

とぼけたような声を出しているのは石田だった。

「石田さんっ」

沙羅は石田のもとに駆け寄った。

「俺は陸から援護射撃してたんだぜ」

へらへらと石田は笑ってから、瞳を潤ませた。

「ありがとうございました。石田さんのおかげです」

ていねいに身体を折って、沙羅は几帳面《きちょうめん》に感謝の言葉を口にした。

「真田先輩、せっかくの豪華クルージングが台無しになっちゃいましたね。また、プランニングしたいところじゃないですか」

まじめな声で石田は言った。

「い、いえ……もうクルージングはこりごり」

夏希は肩をすくめた。

「えーっ、ディナーも食べてないじゃないですか。また今度、《ラ・プランセス》の旅をリベンジしましょうよ」

沙羅は本気だ。やはり若さが違うのだろうか。

「うーん。考えとくね」

言葉を濁して夏希は答えた。

人混みのなかから、織田が姿を現した。

「真田さん、よかった。本当によかった」

満面の笑みで織田は言った。

「織田さんのおかげでまともな精神状態を保てました。でも、どうして織田さんが加賀町署の捜査本部にいらしたんですか」

船に乗っている間、ずっと謎に思っていた。

「今日から僕は神奈川県警の刑事部長となったんです。辞令はまだ受け取ってませんがね。今回の事件では捜査本部長を務めていました」

織田はこともなげに言った。

「えーっ！」

夏希はのけぞって叫んだ。

「そんなこと、ひと言もおっしゃってなかったじゃないですか」

つい恨みがましい言葉が出た。

「すみません、今回の異動はお伝えできない事情がありまして……。月曜日にサイバー特捜隊の皆さんにはお別れに伺う予定です」

「これからは織田さんともお別れですね」

夏希は淋《さび》しさを素直に口にした。

なぜか織田は一瞬黙った。

「お願いがあるのです……真田さん、県警に戻ってきてくれませんか」

織田はやわらかい声で、しかしはっきりと言った。

「そんなことができるんですか」

驚いて夏希は訊《き》いた。

「可能だと思います」

静かに織田は言った。

「は、はい、よろしくお願いします」

夏希は反射的に承諾してしまった。

横井や五島、麻美《あさみ》、山中《やまなか》に大関《おおぜき》……サイバー特捜隊のみんなと別れることはつらいが、なつかしい神奈川県警の仲間たちとまた一緒に仕事ができる。

抗しがたい魅力が夏希を捉《とら》えていた。

「詳しい話はまた明日《あした》以降にしましょう。ここは冷えますし、いったん県警本部にいきましょうか」

織田が黒塗りの公用車を指さした。

ふと背後を見ると、若林船長以下の乗組員たちがずらっと並んでいた。

誰かの「敬礼」という号令で乗組員たちはいっせいに挙手の礼を送ってきた。

尚美も列のなかで敬礼していた。

夏希は恥ずかしいけれど挙手の礼を返した。

胸の内が熱くなった。

沙羅も加藤も北原も神妙な顔で答礼している。

乗り込んだ織田の公用車は、ゆっくりと《ラ・プランセス》が停泊する大さん橋を離れてゆく。

必ず《ラ・プランセス》で、また海の旅をしよう。

夏希はこころに誓った。

振り返ると、白い優美な船体がどんどんちいさくなっていく。

夏希の再訪を待っているように感じられた。

大さん橋を出たクルマは、数々の思い出が残る山下公園通りを神奈川県警本部に向かって進む。

横浜税関クイーンの塔が夏希を迎えてくれた。
まもなく県警本部だ。
ただいま、わたしの街、横浜……。
明日からの新たな日々に、夏希の胸は大きく弾むのだった。

本書は書き下ろしです。
本作はフィクションであり、登場する人物・組織などすべて架空のものです。

脳《のう》科《か》学《がく》捜《そう》査《さ》官《かん》　真《さな》田《だ》夏《なつ》希《き》

インテンス・ウルトラマリン

鳴《なる》神《かみ》響《きょう》一《いち》

令和６年　1月25日　初版発行

発行者●山下直久

発行●株式会社KADOKAWA
〒102-8177　東京都千代田区富士見2-13-3
電話　0570-002-301（ナビダイヤル）

角川文庫 23991

印刷所●株式会社暁印刷
製本所●本間製本株式会社

表紙画●和田三造

●お問い合わせ
https://www.kadokawa.co.jp/（「お問い合わせ」へお進みください）
※内容によっては、お答えできない場合があります。
※サポートは日本国内のみとさせていただきます。
※Japanese text only

ISBN 978-4-04-114626-2　C0193

◇◇◇

角川文庫発刊に際して

角川源義

第二次世界大戦の敗北は、軍事力の敗北であった以上に、私たちの若い文化力の敗退であった。私たちの文化が戦争に対して如何に無力であり、単なるあだ花に過ぎなかったかを、私たちは身を以て体験し痛感した。西洋近代文化の摂取にとって、明治以後八十年の歳月は決して短かすぎたとは言えない。にもかかわらず、近代文化の伝統を確立し、自由な批判と柔軟な良識に富む文化層として自らを形成することに私たちは失敗して来た。そしてこれは、各層への文化の普及滲透を任務とする出版人の責任でもあった。

一九四五年以来、私たちは再び振出しに戻り、第一歩から踏み出すことを余儀なくされた。これは大きな不幸ではあるが、反面、これまでの混沌・未熟・歪曲の中にあった我が国の文化に秩序と確たる基礎を齎らすためには絶好の機会でもある。角川書店は、このような祖国の文化的危機にあたり、微力をも顧みず再建の礎石たるべき抱負と決意とをもって出発したが、ここに創立以来の念願を果すべく角川文庫を発刊する。これまで刊行されたあらゆる全集叢書文庫類の長所と短所とを検討し、古今東西の不朽の典籍を、良心的編集のもとに、廉価に、そして書架にふさわしい美本として、多くのひとびとに提供しようとする。しかし私たちは徒らに百科全書的な知識のジレッタントを作ることを目的とせず、あくまで祖国の文化に秩序と再建への道を示し、この文庫を角川書店の栄ある事業として、今後永久に継続発展せしめ、学芸と教養との殿堂として大成せんことを期したい。多くの読書子の愛情ある忠言と支持とによって、この希望と抱負とを完遂せしめられんことを願う。

一九四九年五月三日

角川文庫ベストセラー

脳科学捜査官　真田夏希　鳴神響一

神奈川県警初の心理職特別捜査官・真田夏希は、医師免許を持つ心理分析官。横浜のみなとみらい地区で発生した爆発事件に、編入された夏希は、そこで意外な相棒とコンビを組むことを命じられる——。

脳科学捜査官　真田夏希
イノセント・ブルー　鳴神響一

神奈川県警初の心理職特別捜査官の真田夏希は、友人から紹介された相手と江の島でのデートに向かっていた。だが、そこは、殺人事件現場となっていた。そして、夏希も捜査に駆り出されることになるが……。

脳科学捜査官　真田夏希
イミテーション・ホワイト　鳴神響一

神奈川県警初の心理職特別捜査官・真田夏希が招集された事件は、異様なものだった。会社員が殺害された後に、花火が打ち上げられたのだ。これは殺人予告なのか。夏希はSNSで被疑者と接触を試みるが——。

脳科学捜査官　真田夏希
クライシス・レッド　鳴神響一

三浦半島の剱崎で、厚生労働省の官僚が銃弾で撃たれ殺された。心理職特別捜査官の真田夏希は、この捜査で根岸分室の上杉と組むように命じられる。上杉は、警察庁からきたエリートのはずだったが……。

脳科学捜査官　真田夏希
ドラスティック・イエロー　鳴神響一

横浜の山下埠頭で爆破事件が起きた。捜査本部に招集された神奈川県警の心理職特別捜査官の真田夏希は、カジノ誘致に反対するという犯行声明に奇妙な違和感を感じていた——。書き下ろし警察小説。

角川文庫ベストセラー

不屈の記者　本城雅人

中央新聞の那智紀政は、記者の伯父が残した、謎の建設工事資料の解明に取り組んでいた。伯父は、伝説の調査報道記者と呼ばれていたが、病に倒れてしまったのだ。那智は、仲間たちと事件を追うが――。

軌跡　今野　敏

目黒の商店街付近で起きた難解な殺人事件に、大島刑事と湯島刑事、そして心理調査官の島崎が挑む。（「老婆心」より）警察小説からアクション小説まで、文庫未収録作を厳選したオリジナル短編集。

熱波　今野　敏

内閣情報調査室の磯貝竜一は、米軍基地の全面撤去を前提にした都市計画が進む沖縄を訪れた。だがある日、磯貝は台湾マフィアに拉致されそうになる。政府と米軍をも巻き込む事態の行く末は？　長篇小説。

鬼龍　今野　敏

鬼道衆の末裔として、秘密裏に依頼された「亡者祓い」を請け負う鬼龍浩一。企業で起きた不可解な事件の解決に乗り出すが……恐るべき敵の正体は？　長篇エンターテインメント。

陰陽　鬼龍光一シリーズ　今野　敏

若い女性が都内各所で襲われ惨殺される事件が連続して発生。警視庁生活安全部の富野は、殺害現場で謎の男・鬼龍光一と出会う。祓師だという鬼龍に不審を抱く富野。だが、事件は常識では測れないものだった。

角川文庫ベストセラー

憑物
鬼龍光一シリーズ
今野　敏

渋谷のクラブで、15人の男女が互いに殺し合う異常な事件が起きた。さらに、同様の事件が続発するが、その現場には必ず六芒星のマークが残されていた……警視庁の富野と祓師の鬼龍が再び事件に挑む。

豹変
鬼龍光一シリーズ
今野　敏

世田谷の中学校で、3年生の佐田が同級生の石村を刺す事件が起きた。だが、取り調べで佐田は何かに取り憑かれたような言動をして警察署から忽然と消えてしまった――。異色コンビが活躍する長篇警察小説。

殺人ライセンス
今野　敏

高校生が遭遇したオンラインゲーム「殺人ライセンス」。ゲームと同様の事件が現実でも起こった。被害者の名前も同じであり、高校生のキュウは、同級生の父で探偵の男とともに、事件を調べはじめる――。

捜査流儀
警視庁剣士
須藤靖貴

警視庁捜査一課の郷謙治は、刑事でありながら警視庁剣道の選ばれし剣士。池袋で発生した連続放火・殺人事件の捜査にあたる郷は、相棒の竹入とともに地を這う聞き込みを続けていた――。剣士の眼が捜査で光る！

偽装潜入
警視庁捜一刑事・郷謙治
須藤靖貴

池袋で資産家の中年男性が殺された。被害者は、自宅に現金を置き、隠す様子もなかったという。身内の犯行が推測されるなか、警視庁の郷警部は、キャリア警部の志塚とともに捜査を開始する。

角川文庫ベストセラー

警視庁53《ゴーサン》教場
吉川英梨

捜査一課の五味のもとに、警察学校教官の首吊り死体発見の報せが入る。死亡したのは、警察学校時代の仲間だった。五味はやがて、警察学校在学中の出来事が今回の事件に関わっていることに気づくが――。

偽弾《ぎだん》の墓
警視庁53《ゴーサン》教場
吉川英梨

警察学校で教官を務める五味。新米教官ながら指導に奮闘していたある日、学生が殺人事件の容疑者になってしまう。やがて学校内で覚醒剤が見つかるなどトラブルが続き、五味は事件解決に奔走するが――。

聖母の共犯者
警視庁53《ゴーサン》教場
吉川英梨

府中警察署で脱走事件発生――。脱走犯の行方を追っていた矢先、卒業式真っ只中の警察学校で立てこもり事件も起きて……あってはならない両事件。かかわる人々の思惑は⁉　人気警察学校小説シリーズ第3弾！

正義の翼
警視庁53《ゴーサン》教場
吉川英梨

府中市内で交番の警官が殺された――。事件を追っていた矢先、過去になく団結していた53教場内で騒動が……警官殺しの犯人と教場内の不穏分子の正体は？　各人の思惑が入り乱れる、人気シリーズ第4弾！

カラスの祈り
警視庁53《ゴーサン》教場
吉川英梨

捜査一課の転属を断り警察学校に残った五味は、窮地に立たされていた。元凶は一昨年に卒業をさせなかった〝あの男〟――。53教場最大のピンチで全員〝卒業〟は叶うのか⁉　人気シリーズ衝撃の第5弾！

角川文庫ベストセラー

警視庁文書捜査官　麻見和史

警視庁捜査一課文書解読班――文章心理学を学び、文書の内容から筆記者の生まれや性格などを推理する技術が認められて抜擢された鳴海理沙警部補が、右手首が切断された不可解な殺人事件に挑む。

永久囚人　警視庁文書捜査官　麻見和史

文字を偏愛する鳴海理沙班長が率いる捜査一課文書解読班。そこへ、ダイイングメッセージの調査依頼が舞い込んできた。ある稀覯本に事件の発端があるとわかり作者を追っていくと、更なる謎が待ち受けていた。

灰の轍　警視庁文書捜査官　麻見和史

遺体の傍に、連続殺人計画のメモが見つかった！　さらに、遺留品の中から、謎の切り貼り文が発見され――。連続殺人を食い止めるため、捜査一課文書解読班を率いる鳴海理沙が、メモと暗号の謎に挑む！

影の斜塔　警視庁文書捜査官　麻見和史

ある殺人事件に関わる男を捜索し所有する文書を入手せよ――。文書解読班の主任、鳴海理沙に、機密命令が下された。手掛かりは1件の目撃情報のみ。班解散の危機と聞き、理沙は全力で事件解明に挑む！

愚者の檻　警視庁文書捜査官　麻見和史

頭を古新聞で包まれ口に金属活字を押し込まれた遺体が発見された。被害者の自宅からは謎の暗号文も見つかり、理沙たち文書解読班は捜査を始める。一方で矢代は岩下管理官に殺人班への異動を持ち掛けられ⁉